轉生成蜘蛛又怎樣！ 12

作者：馬場翁 okina baba
插畫：輝竜司 tsukasa kiryu

Kadokawa Fantastic Novels

contents

愛麗兒

魔王

古代神獸兼魔王兼暴食的支配者。其真面目是蜘蛛型魔物的原點——原初蜘蛛怪。

白

第十軍軍團長

真名是白織。擁有過去身為日本高中生記憶的轉生者。前世記憶是若葉姬色的記憶。透過吸收號稱威力足以炸毀大陸的炸彈能量成功完成神化。目前正以魔族軍第十軍軍團長的身分執行偵查任務。

蘇菲亞・蓋倫

沙利艾拉國蓋倫家領主的獨生女。擁有過去身為日本高中生記憶的轉生者。前世的名字是根岸彰子。今世的她是本應在這個世界早已滅亡的吸血鬼真祖。

亞格納・萊瑟普

第一軍軍團長

從前前任魔王時代開始，便負責治理鄰接人族領地的邊境——萊瑟普領地的領主。文武雙全，擁有在整個魔族之中高人一等的實力，是即使被選為魔王也不奇怪的實力派人物。

梅拉佐菲

第四軍軍團長

他原本是在蓋倫家擔任執事的人族，卻在身陷絕境時被蘇菲亞變成吸血鬼。在原本侍奉的蓋倫家領主亡故後，為了保護蘇菲亞，他一直在拚命鍛鍊自己。

魔族軍

Character

INTRODUCTION

布羅・菲沙洛

第七軍軍團長

他以前是第四軍的副軍團長，卻在魔王肅清並重新編組魔族軍後被任命為叛亂分子齊聚一堂的第七軍軍團長。對白一見鍾情，似乎不曉得該如何面對自己的初戀。

拉斯

第八軍軍團長

擁有過去身為日本高中生記憶的轉生者。前世的名字是笹島京也。雖然轉生成哥布林後，他過著幸福的生活，卻因為受到帝國軍襲擊而失去故鄉與親人。

邱列迪斯提耶斯

第九軍軍團長

負責管理世界及系統的管理者之一。其權能讓所有龍族與竜族都聽他號令。身為管理者的他有著極為強大的實力。

巴魯多・菲沙洛

幹部

雖然他以前是第四軍軍團長，卻因為在愛麗兒當上魔王後，經常以魔王祕書的身分行動，而讓出了軍團長的職位。從前任魔王的時代開始，他就是負責掌管魔族政治的工作狂。

沙娜多莉（第二軍軍團長）

古豪（第三軍軍團長）

達拉德（第五軍軍團長）

修維（第六軍軍團長）

❖勇者團隊

尤利烏斯・薩剛・亞納雷德

亞納雷德王國的第二王子。自幼便以勇者的身分在世界各地活動，為了人族的和平四處奔走。除了少數例外，其物理與魔法戰鬥能力在人族之中無人能出其右。

亞娜

因為個性表裡如一又認真，讓她被選為聖女。特別擅長治療魔法與支援魔法。由於這樣的能力與平時的開朗性格，讓她成為勇者團隊中不可或缺的存在。

哈林斯・克沃德

亞納雷德王國克沃德公爵家的次男。他是勇者團隊所仰賴的前衛，也是尤利烏斯的兒時玩伴。持有能讓人逃離死亡一次的道具「不死鳥的羽毛」。

霍金

以前是人稱「怪盜千把刀」的義賊。在勇者團隊中負責對外協調工作的幕後功臣。比起肉搏戰，更喜歡運用道具與陷阱的靈活戰法。

吉斯康

能夠活用多種武器的前A級冒險者。經常給純就戰鬥次數來看還是菜鳥的尤利烏斯正確的建議，是團隊中的智囊，也是大家都仰慕的大哥。

人族

Character
INTRODUCTION

冒險者

邦彥

本名是田川邦彥。出生於魔族領地與人族領地邊界，也就是俗稱人魔緩衝地帶地區的某支部族。自從他的族人在小時候被梅拉佐菲殺光以後，他就為了變強而成為了冒險者。擁有魔劍，擅長物理攻擊。

麻香

本名是櫛谷麻香。跟邦彥一樣，出生於人魔緩衝地帶的某支部族。他們彼此在前世時就是交情很好的青梅竹馬，轉生後更是把對方當成了無可取代的夥伴。她擅長魔法攻擊。

帝國軍

羅南特

人族最強的魔法師。他是連克山杜帝國魔法部隊的指導者，也是勇者尤利烏斯的師父。十多年前在艾爾羅大迷宮裡遭遇某蜘蛛型魔物的經歷讓他成長為人族最強的魔法師。

歐蕾露・修塔特

帝國的貧窮鄉下貴族的小女兒。她是羅南特的其中一位徒弟，其魔法天分連師父都驚嘆。

紐托斯

在帝國得到劍聖稱號的老騎士，是個令人感到遺憾的肌肉笨蛋。

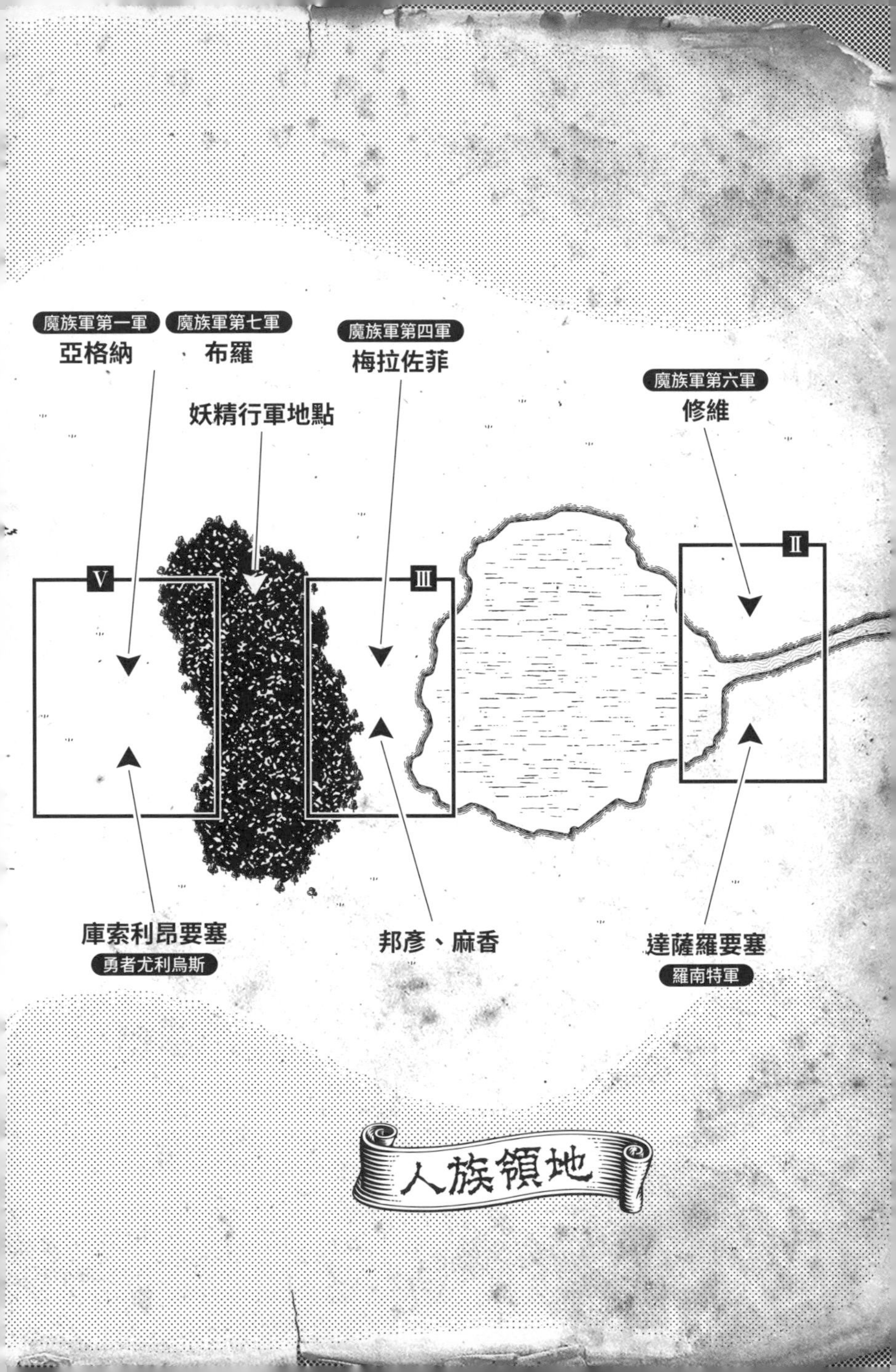
魔族軍第一軍
亞格納
魔族軍第七軍
布羅
魔族軍第四軍
梅拉佐菲
魔族軍第六軍
修維
妖精行軍地點
V
III
II
庫索利昂要塞
勇者尤利烏斯
邦彥、麻香
達薩羅要塞
羅南特軍
人族領地

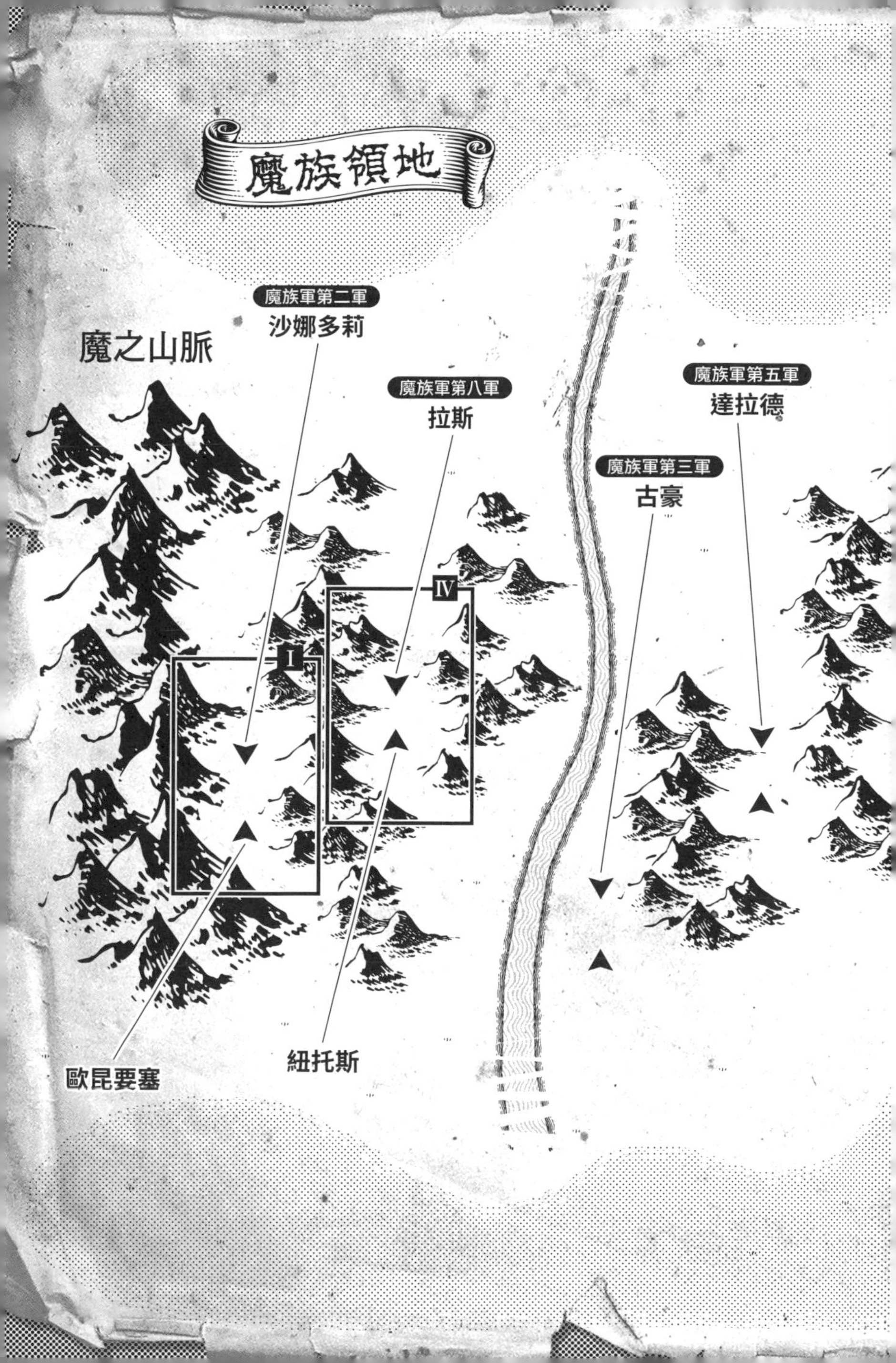
魔族領地
魔之山脈
魔族軍第二軍
沙娜多莉
魔族軍第八軍
拉斯
IV
I
魔族軍第五軍
達拉德
魔族軍第三軍
古豪
紐托斯
歐昆要塞

後世的歷史學家如此述說　前篇

人魔大戰——

雖然人族與魔族之間的戰爭打了非常久，但被稱作人魔大戰的戰爭就只有一場。

那是場特別的戰爭，就算不是歷史學家，一般人也都知道這樣的常識。

因為那是一場人族與魔族都賭上了種族存亡的大戰，所以這也是理所當然的事情。

由於戰爭過後的混亂，那場戰爭沒有留下太多資料，所以沒人知道正確的數字，但據說雙方動員的兵力都確定達到了七位數。

甚至有學說指出，如果把雙方的軍隊加起來，總人數有可能達到八位數。

時間上最接近的重大戰事——在薩多那悲劇中決戰的歐茲國聯軍與沙利艾拉國，雙方軍隊的人數加起來也還不到六位數。

沙利艾拉這個大國的軍隊，以及周邊各國為了與之對抗而召集的聯軍。

如果考慮到當時的人口，那顯然是場規模相當大的戰爭。

而人魔大戰的規模遠遠超過那場戰爭。

然而，儘管那場大戰規模龐大，耗費的日數卻驚人的少。

就雙方動員的兵力來說，就算戰爭持續幾個月，甚至是以年為單位來計算時間也不奇怪。

可是，這場戰爭實際耗費的時間就只有短短幾天。

由於資料沒有留存下來，所以沒人知道正確的天數，但歷史學家之間有著一致的見解，認為這場大戰頂多只打了十天左右就結束了。

就這種規模的戰爭來說，結束的速度快得令人難以置信。

可是，人魔大戰的可怕之處既不是其規模，也不是其結束的速度。

而是士兵的死亡率。

雖然依照慣例，由於資料不多的緣故，沒人知道正確數字，但一般公認雙方軍隊至少都死了超過五成的人。

這還只是至少。

這是後來有人從魔族的倖存人口反過來推算，才宣稱當時至少有那麼多人戰死。

有些學者甚至認為死亡人數比這還要多，應該多達七成或八成。

人數多達七位數的軍隊，至少有五成士兵在短短幾天內戰死了。

這充分說明了人魔大戰就是一場這麼激烈的戰爭。

在為數不多的資料中，某位士兵寫在日記裡的話十分知名，應該有很多人都聽說過吧。

「那裡沒有希望，只有絕望。」

白 1

這一刻終於來臨了！

沒錯，由我親手打造的作戰本部司令室終於要揭曉了！

「小白……這是怎麼回事？」

魔王傻眼地這麼說。

看到室內的光景，比魔王晚進來的巴魯多也嚇傻了。

哼哼哼……

怎麼樣？嚇到了吧！

無數螢幕擺滿牆壁。

上面播放著各個軍團負責攻略的人族要塞的即時影像。

你問我是怎麼拍攝的？

當然是利用我的分體啊。

我事先把只有手掌大小的小蜘蛛分體派遣到要塞附近了。

我的分體正負責擔任小型超高性能自動攝影機的角色！

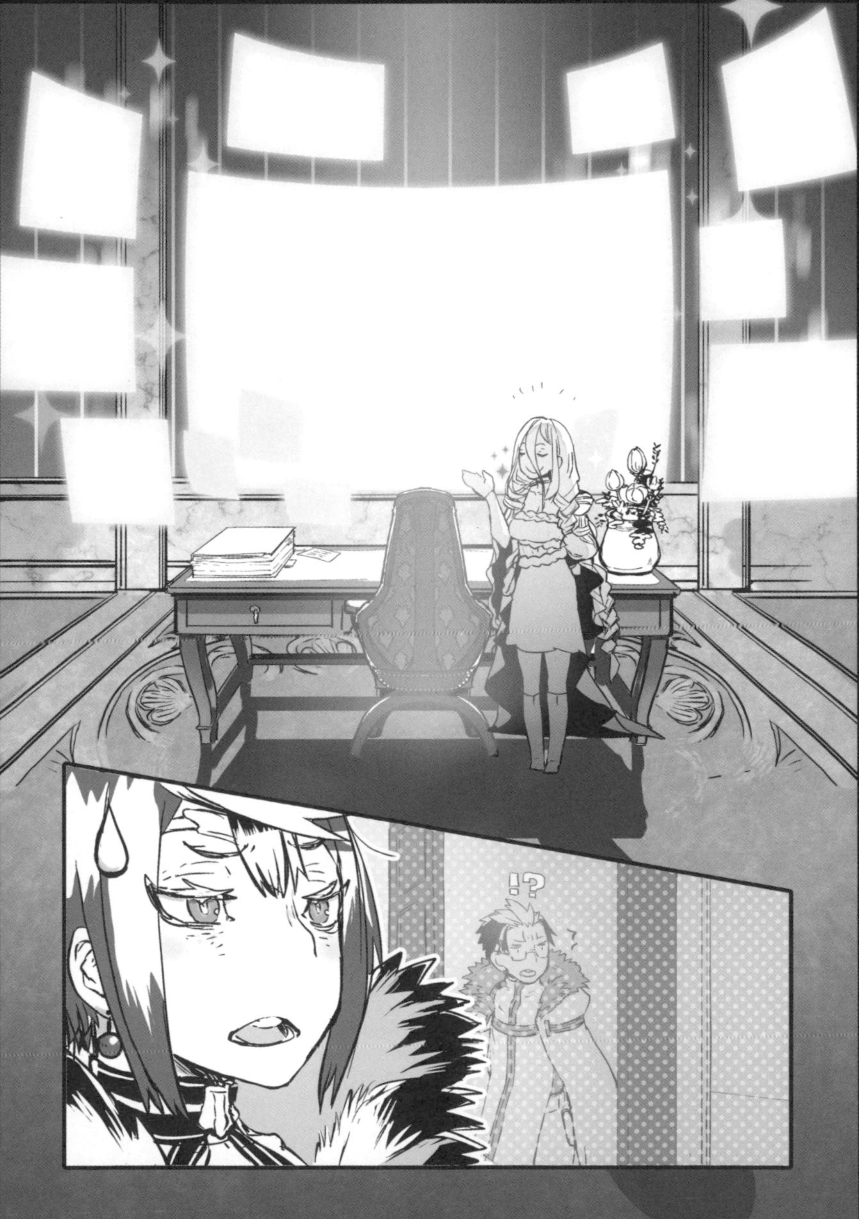

然後，牠們親眼看到的影像會直接在這間作戰本部司令室裡的螢幕上播放。

就連聲音都接收得到。

即使身處在遠離戰場的地方，魔王還是可以仔細觀察現場戰況！

在即使存在著技能，情報傳遞技術卻不比現代地球發達的這個世界，這間作戰本部司令室的存在，可說是替戰爭帶來了革命！

真可怕……

我這毫無極限的才幹真是太可怕了！

「呃……算了，想太多就輸了。」

說完，魔王就在房間中央的特等席坐下。

……我覺得她的反應應該可以再更大一點。

像是說出「太……太強了吧！」之類的。

相較之下，巴魯多的反應就讓我相當滿意。

他站在房門前面，整個人僵住不動。

「巴魯多。」

魔王叫了巴魯多的名字。

「你要發呆到什麼時候？」

「真……真是萬分抱歉！」

聽到魔王的聲音，巴魯多這才回過神來，走到房間裡面。
雖然他一直到處看來看去，好像還沒完全回神的樣子。
就是這個！
我就是期待魔王做出這種反應！
為什麼她會不以為然地接受這一切！
「……要是對小白做的每件事都大驚小怪的話，可會沒完沒了喔。」
「……我明白了。」
聽到魔王這令人非常感同身受的忠告，巴魯多似乎總算恢復平靜了。
……人家做的事情才沒有那麼誇張呢。
我說沒有就是沒有。
就當作是這樣吧。
「好啦，那我就坐在這裡慢慢欣賞大家奮鬥的模樣吧。」
魔王看著螢幕露出微笑。
好幾個螢幕播放出的影像顯示出戰鬥已經要開始了。
魔族大軍與人族大軍正面碰撞的戰爭即將展開。
「那……小白，交給妳了喔。」
聽到魔王的指示，我舉起一隻手，表示明白。

然後，我用轉移移動到其他地方。

好啦，我也該來完成自己的工作了。

I
魔之山脈
魔族軍第二軍
沙娜多莉
歐昆要塞

歐昆要塞攻略戰的重點整理！

這裡是小白的解說專欄！

就跟大家看到的一樣，巨乳怪負責攻打的要塞位在山上！

那可是座山啊！

千萬不可以小看山！

占據高處的一方較為有利，這已經是戰爭的常識了。

雖然由上往下射箭很容易，但反過來由下往上射箭的時候，射出去的箭就得違抗重力飛行，所以會變得很困難。

步兵也必須在進攻的時候爬坡，想也知道會耗費許多體力。

千辛萬苦爬上山後，還得馬上跟好整以暇的敵人作戰，這樣不會太辛苦嗎？

攻打要塞原本就需要用上比守軍多上三倍的兵力，要是那座要塞又蓋在山上，困難度自然又會大幅提升！

地球上的城堡也都是蓋在高處，就是因為這個理由。

絕對不是因為國王這種人都喜歡住在高的地方！

大概吧！一定是這樣！

我們的巨乳怪到底會怎麼攻略蓋在山上的要塞呢！

敬請期待！

沙娜多莉

「沙娜多莉大人，陣形已經擺好了。」

「是喔。」

聽到副官的報告，我簡短地回答。

就算他沒有特地報告，那種小事我也知道。

能夠將人族的戰略要地——歐昆要塞盡收眼底的小山丘就是我率領的第二軍布陣的地點。

歐昆要塞就建在離魔之山脈不遠的地方，受到雖然比不上魔之山脈，但也算是受險峻的地形所保護。

從我軍布陣的山丘可以清楚看見幾乎與斷崖絕壁同化的歐昆要塞的威容。

一眼就能看出那座長年以來一直阻擋著魔族攻勢的要塞很難攻打下來。

以我這個接下來不得不打下這座要塞的人來說，實在是想到就憂鬱。

話雖如此，但這裡也沒什麼特別大的難關。

人族在歷史上一直都成功抵禦了魔族的入侵，印證了這點的防禦工事可說是每個地方都難攻不破，但那並不成大礙。

換句話說，一旦出兵攻打，不管打哪裡都一樣。

反過來說，不管攻打哪裡，都像是抽到下下籤。

真是討厭死了。

我輕輕嘆了口氣，副官假裝若無其事地移開了視線。

自從我當上軍團長後，他就一直擔任我的副官，但他似乎還沒適應我的言行舉止。

他的臉變得有點紅。

我們一族正是所謂的魅魔族。

我們是致力於鍛鍊淫技這個罕見技能，並且以此為武器，代代維持著貴族地位的家族。

一如其名，淫技是一種對異性很有效果的技能，可以靠著能擄獲異性芳心的言行舉止來提升技能的效果。

因此，我們一族的成員都會徹底磨練自己的言行舉止。

努力讓自己的一舉一動看起來更誘人。

拜此所賜，就算我沒有刻意為之，也會不斷散發魅力。有人說，在都是男人的軍隊裡，我這樣讓人很傷眼睛。

淫技的技能效果是洗腦。

那是一種可以把對方洗腦，並且任意操控的技能。

遺憾的是，那種效果非常有限。

洗腦效果可以隨著時間經過輕易解除，也無法讓對方完全聽從我的命令。

有時候，一旦下達讓對方感到強烈抗拒的命令，洗腦就會解除。

明明有這麼多限制，洗腦的成功率卻很低。

這是一種非常不方便的能力，而且技能等級還特別難提升。

此外，也沒人願意信任擁有洗腦這種能力的傢伙。

畢竟大家都會擔心自己或許也被洗腦了。

正因為如此，會去鍛鍊淫技這個技能的人非常少。

而我們這一族的人便反過來利用了這點。

也就是所謂的夾縫產業。

話雖如此，但洗腦這種能力還是會招來不必要的懷疑。

因此，我們家族的祖先似乎代代都在對魔王大人阿諛奉承。

不光是魔王大人，就連對其他貴族也一樣。

甚至還主動宣稱——因為那原本就不是什麼厲害的能力，我們才會到處宣傳，讓大家知道我們無法靠著洗腦別人圖謀不軌。

我們不是利用者，而是被利用者。抱著這個論調，我們一直放低姿態，不斷諂媚別人。

一代接著一代努力下來的成果，讓我們一族得到了能說得出口的權勢。

在現在這個時代，比起淫技這個技能，魅魔族的順從度反倒有著更高的評價。

而身為這個家族的代表的我，卻對魔王大人毫無忠誠可言，這實在是件可笑的事情。

不過，這或許也怪不得我吧。

因為前前任魔王駕崩後，前任魔王又馬上失蹤了。

既然應該尊敬的魔王大人不在了，那我也沒辦法向人效忠。

即使後來突然跑出一個陌生小女孩當上魔王，我也很難因為這樣就向她效忠。

更何況，她還是位在我享受著沒有戰爭的和平生活時，說要重新發動戰爭的魔王大人。

我再次憂愁地嘆了口氣。

從不遠處傳來吞口水的聲音。

副官對著聲音傳來的方向做出要人滾開的手勢。

剛來報到的時候，這位副官明明只會表現出心跳加速、不知所措的可愛反應，最近卻到處對部隊裡的下級人員宣傳——雖然看到我不至於會沒命，卻會讓人痛苦得要死，簡直把人當成毒物看待。

真是太失禮了。

而且他還跑來質問我；「軍紀都亂成一團了，妳能不能設法解決這個問題？」

那又不關我的事。

更何況，我本來就不想從事軍隊的工作。

魔族軍的工作當然是跟人族打仗。

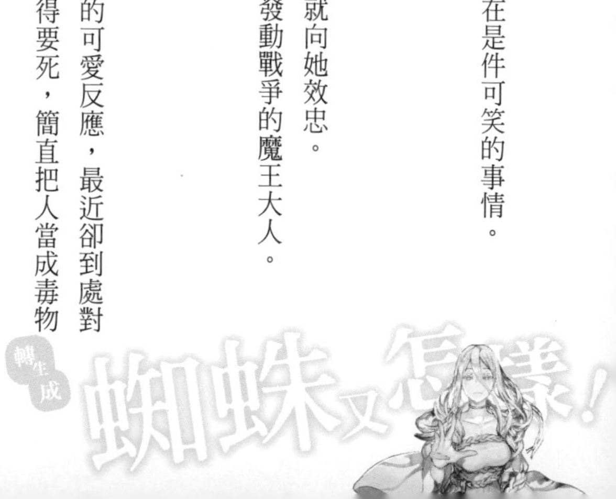

不過，那是前前任魔王大人時代的事情，到了實際上從缺的前任魔王大人的時代，軍隊的主要工作就變成維持地方上的治安了。

這點讓我非常滿意。

因為比起跟人族打仗，對付魔物與罪犯要來得輕鬆多了。

至少身為指揮官的我不會有生命危險。

可是，跟人族打仗就不是這樣了。

要是一個搞不好，我也有可能會戰死。

我當然不想冒這個險。

所以，我想要盡快排除掉引發戰火的原因。

也就是排除掉意圖引發戰爭的現任魔王大人……

這是個錯誤的決定。

我聽到了咀嚼聲。

那是從耳朵深處傳來的幻聽。

為了跟我一起排除魔王大人，第九軍的前任軍團長涅雷歐先生展開了行動。

而他在我眼前被魔王大人吃掉了。

為了肅清叛徒，魔王大人吃了他。

當時的咀嚼聲一直殘留在我的耳朵深處，至今依然揮之不去。

我當時才總算明白自己在跟什麼東西作對。

怪物。

我對絕對不能出手的傢伙出手了。

當我明白到這點時，一切都已經太遲，我只能拚命向魔王大人獻媚。

沒想到我居然會走上跟祖先一樣的路。

我也只能笑了。

可是，要是不這麼做，我就會被殺掉，所以這也是沒辦法的事。

我捨棄了自尊與其他的一切，就算叫我舔她的鞋子，我也會照做。

不過，我不認為那位魔王大人會因為這樣就放過我。

更何況，早在那位魔王大人當上魔王時，就已經無計可施了。

因為那位魔王大人的目的不是打贏戰爭，而是透過戰爭讓更多魔族死去。

不，不光是魔族，人族也一樣。

重點是有多少人死掉，勝敗只是其次。

只要魔族和人族能互相削減彼此的人口數，魔王大人的目的就達成了。

她要我們完成的工作，就是多殺一點，然後多死一點。

就這種意義上來說，我只能選擇被魔王大人親手殺掉，或是死於跟人族之間的戰爭。

差別或許就只有早死跟晚死而已。

可是，比起無謀地挑戰那位魔王大人，跟人族打仗的生存機率看似還比較高，這也是不爭的事實。

雖然那也只是渺茫的希望……

我再次看向歐昆要塞。

雖然我無法做出巧妙的比喻，但親眼看到的感想就是——那裡很難攻下。

要是用正常方式進攻，毫無疑問會非常棘手。

我是認為不至於絕不可能成功打下。

不過，不管是打贏還是打輸，肯定都得付出相當大的代價。

前提是以正常方式進攻的話。

「來了。」

在我注視的方向出現了變化。

不過，變化並非出現在要塞上。

而是出現在要塞旁邊的山壁上。

山壁動了起來。

不，仔細一看就會發現，那並不是什麼山壁。

而是蠢動的無數魔物。

整座山都擠滿了那種魔物，數量多到看不見地面的程度。

那些魔物正筆直地朝向歐昆要塞前進。

魔物的名字是巨口猿。

那是一種別名「復仇猿」的可怕魔物。

雖然單一個體不足為懼，但這種魔物真正可怕的地方在於其群體。

巨口猿的群體非常團結。

只要有人殺死群體中的任何一隻，巨口猿就會傾盡全力追殺犯人。

即使整個群體都滅亡也在所不惜。

一旦惹火巨口猿，就只能殺光整個族群，或是犧牲殺死第一隻巨口猿的人。

要是有巨口猿攻打人類密集聚集之地，導致人類為了防禦而戰，殺死巨口猿的新犯人就會成為牠們復仇的對象。

巨口猿要復仇的對象會越變越多，最後所有參戰的人都會變成牠們復仇的對象。

直到其中一方全滅為止，這場戰爭永遠不會結束。

沒錯，如果歐昆要塞裡的人沒能擊退那支巨口猿大軍，那必定會全軍覆沒。

現在正好是巨口猿的繁殖期。

不斷增加的巨口猿大軍，每年都會從魔之山脈湧出，讓魔族頭痛不已。

而我活捉了一些巨口猿，讓被洗腦的人族士兵帶到要塞裡面。

結果就如眼前上演的光景。

巨口猿大軍從山上衝了下來，穿過平原，朝要塞殺了過去。

要塞裡面的人放出魔法，削減巨口猿的數量。

可是，那種攻擊又有什麼效果？

後面還有非常多巨口猿。

巨口猿大軍擠滿了整片山壁，而且還毫不間斷地持續聚集過來。

牠們爬上要塞的岩壁，即使同伴被擊落，也依然傻傻往前邁進。

壓倒性的數量。

一想到萬一巨口猿把矛頭指向這裡的情況，我就背脊發涼。

雖然我這個主謀者說這種話不太妥當，但也只能請他們節哀順變了。

「計畫成功了呢。」

「是的。結果可說是萬無一失。」

我和副官看向彼此，互相點了點頭。

打從一開始，我就不打算靠著這支第二軍打下歐昆要塞。

因為那麼做的風險實在太高了。

在我們的注視之下，巨口猿大軍的前鋒終於爬到要塞的牆壁上了。

勝敗在這一刻就已分出。

一旦讓巨口猿闖進要塞內部，戰況就只會越來越糟糕。

在巨口猿的數量優勢之下，那座要塞將會陷落。

「沒錯，這樣我方就能毫髮無傷地取得勝利了。」

「確實是這樣沒錯。不過，這樣我們也會有好一陣子無法接近要塞。」

副官說得沒錯。

結果就只是要塞的管理者從人族變成巨口猿罷了，我們還是一樣無法輕易攻進要塞。

不過，這個問題並沒有意義。

「這也是沒辦法的事。畢竟這場戰爭的目的並不是侵略，做到這樣就夠了。」

「也對。話說回來，您的這個計謀還真是出色呢。」

「沒那種事。」

雖然是我利用淫技的洗腦效果操控敵軍士兵，把巨口猿大軍引進要塞，但就算不使用淫技，也有其他方法可以誘導巨口猿大軍。

就算不是我，只要有心要做，任何人都能實現這種戰術。

我覺得身為軍團長的自己在魔族中算是相當優秀的人物。

可是，我也只是比別人稍微優秀一點罷了。

不是魔王大人那種超越者。

只是個凡人的我，能做到的事有限。

不過，就算是這樣……

「抱歉了，魔王大人。我可不打算乖乖照著妳的意思行動。」

違抗者死。

順從者也死。

既然如此，那就只能盡量順從她的意思，然後找尋可以鑽的漏洞了。

因為如果乖乖執行她的命令，遲早會被她慢慢磨死。

「雖然這可能不是魔族該有的行為，但我已經達成基本的業績了，可以請妳放我一馬嗎？」

我知道這是個自私的願望，但也只能祈求她高抬貴手了。

我一邊懷著這樣的期望，一邊監視著被巨口猿大軍蹂躪的歐昆要塞。

Thanatolia Pilevy

沙娜多莉

本名是沙娜多莉·比蕾葳。她是魔族軍第二軍的軍團長，也是擅長淫技這個技能的魅魔族族長。由於種族上的特性，她是一位充滿魅力的妖豔女性。她有著能屈能伸的性格，討厭麻煩的事情。因為覺得魔王愛麗兒的計畫太過麻煩，她勾結其他軍團長策劃謀反，卻在付諸實行前就宣告失敗，反倒令她身陷絕境。為了不被愛麗兒清算，她正不顧一切力求表現。她跟巴魯多是青梅竹馬的關係。

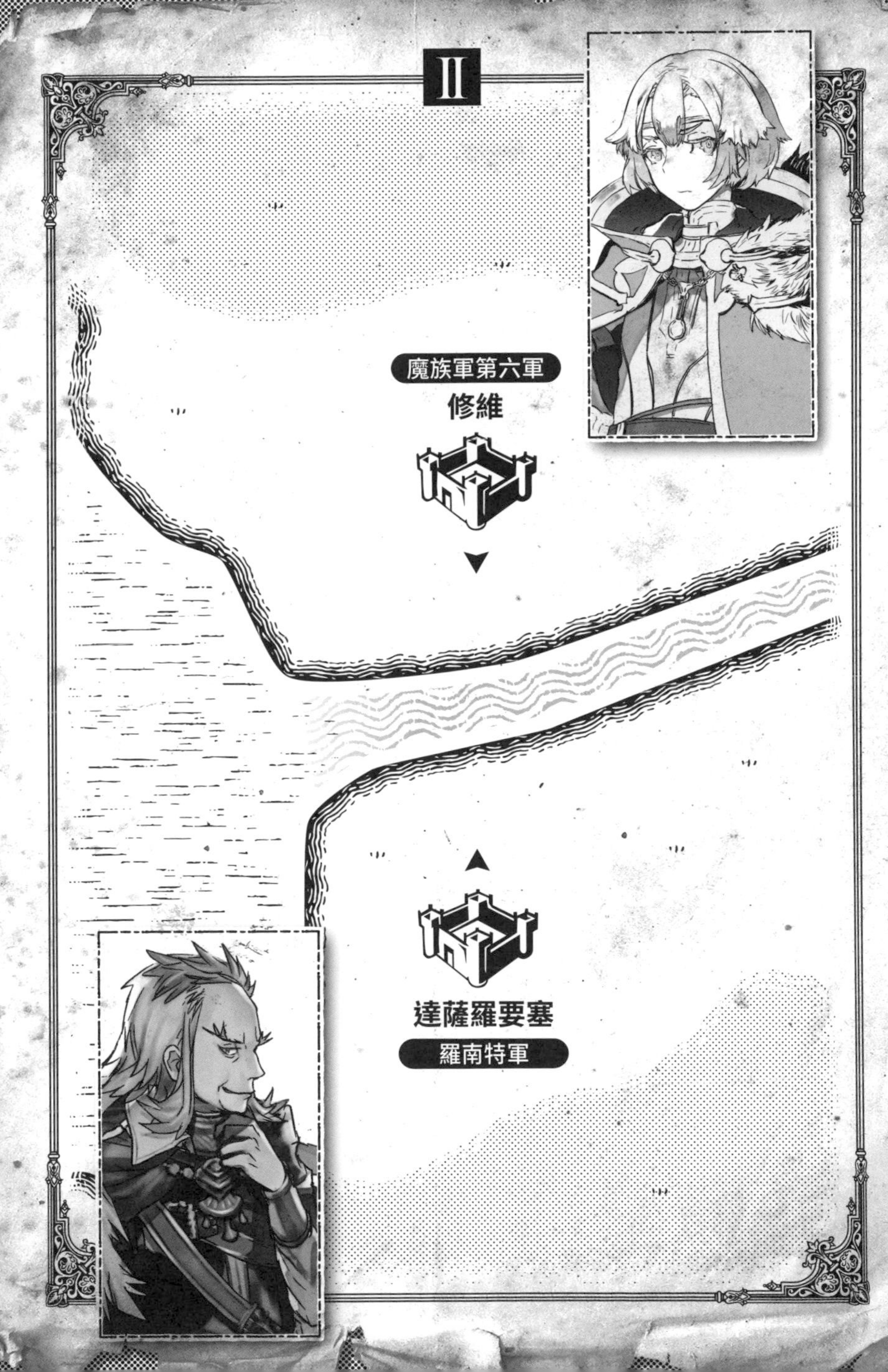
II
魔族軍第六軍
修維
達薩羅要塞
羅南特軍

達薩羅要塞攻略戰的重點整理！

這裡是小白的解説專欄！

就跟大家看到的一樣，小正太負責攻打的要塞就在河邊！

那可是條河啊！

千萬不可以小看河！

因為渡河是一件非常麻煩的事情。

如果有人無法體會的話，就實際去一趟流動式游泳池看看吧。

只要實際挑戰了在不被沖走的情況下渡河，就能徹底體會那有多麼困難了。

而且那可是在行軍的途中，身上當然得帶武器，還得穿著盔甲。

視水深而定，還有可能會沉進水裡。

馬匹之類的東西也會被水沖走。

就算有著能力值這種東西，也千萬不能小看大自然的可怕之處。

而且因為我軍在渡河的過程中毫無防備，敵軍便能單方面地發動遠距離攻擊。

於是就會出現兩軍隔著河川對峙的狀況。

因為雙方都不想渡河。

看來小正太似乎不打算渡河，想要靠著魔法的遠距離攻擊對敵軍造成打擊。

加油吧！小正太！別輸了啊！小正太！

修維

魔族軍第六軍軍團長——

那便是國家賦予我的頭銜。

我很清楚自己配不上這樣的地位。

我在魔族中算是很年輕。

再加上這種稚氣的外表，導致別人更是看不起我。

比人族長命的魔族，在成長速度上有著個體差異。

我似乎屬於成長速度比實際年齡慢的類型，外表至今依然像個少年。

據說我們家族在前幾代混進了妖精的血統，或許這也對我的成長速度造成了影響吧。

之所以不敢斷言，是因為我懷疑討厭外族的妖精是否真的願意跟魔族生孩子。

只不過，我們家族就跟妖精一樣，代代都擁有魔法方面的天分，所以也無法斷言這不是事實。

事實上，我的成長速度在魔族中是特別緩慢的，簡直就跟妖精一樣。

因為我弟弟也是一樣，與其說這是我個人的特徵，不如說這是我們家族的特徵。

因為這種外表的緣故，害我在學校裡被學長姊和同學看不起，甚至連學弟妹都不把我放在眼裡。

而身體的成長速度緩慢，也會造成物理系能力值的成長速度緩慢。

我每次都在肉搏戰打輸別人，不斷蒙羞。

不過，這也只限於不使用魔法的肉搏戰。

我還有魔法這項武器。

只論魔法的話，我覺得自己比魔族中的任何人都要優秀。

這是出身魔法世家伯爵家的我的自豪之處。

這唯一的心靈支柱讓我靠著魔法的力量，令所有看不起我的傢伙對我另眼相看。

而我的實力也得到認可，讓我被任命為魔族軍的軍團長之一。

軍團長是魔族實質上的首要職位。

那些看不起我的傢伙全都必須被我踩在腳下。

感覺真棒。

可是，我也明白自己不是當軍團長的料。

我會當上軍團長，是因為沒有其他適合的人選。

上頭不是因為看重我而選擇我，只是勉強挑了個還算可以的傢伙。

這就是真相。

在與人族征戰的過程中，魔族失去了許多出色的人才，處於人手不足的狀態。

像第一軍軍團長亞格納大人那種倖存的老手並不多，在戰爭尚未結束的前前任魔王時代還只是菜鳥的傢伙，都遞補上來當軍團長了。

就算這樣也還是缺乏人手，只能把後進中看起來還算優秀的傢伙也姑且拉上來當軍團長。

那就是我。

換句話說，我只是個湊數的。

我當然是因為能力優秀才被選上。

然而，比起其他軍團長，我的戰力與經驗都壓倒性的不足。

就只有魔法的實力，我自認不會輸給其他軍團長。

可是，要是實際打起來，我肯定是軍團長中最弱的一個。

此外，由於缺乏經驗，我也不擅長管理軍隊。

我知道大家私底下都說我是「少爺軍團長」。

如果是在學生時代，我可以展現自己的魔法實力，讓那些人統統閉嘴。

可是，光憑我的魔法實力，還不足以讓身邊的人認同我軍團長的頭銜。

如果不能於名於實都追上其他軍團長，那些嘲笑我的聲音恐怕永遠不會消失吧。

話雖如此，我這個年輕小伙子也無法馬上就追上其他軍團長。

雖然感到屈辱，但也只能忍耐了。

就是在這個時候。

魔王大人出現了。

魔王這種生物似乎都很渴望跟人族打仗。

歷代魔王都是如此，唯一的例外就只有莫名失蹤的前任魔王。

不過，就結果來說，前任魔王失蹤對魔族來說是件好事。

因為與人族長年征戰，讓魔族有著嚴重的人手不足問題，已經到了無力發動戰爭的地步。

多虧了這種人手不足的情況，我才能這麼年輕就當上軍團長，這也讓我有種複雜的心情。

利用前任魔王下落不明的機會，我們與人族暫時休戰，得到了復興的時間。

而現任魔王正打算毀掉那些成果。

而且完全不顧魔族的將來。

雖然過去的魔王也一直都在跟人族打仗，但現任魔王似乎不知道怎麼拿捏分寸。

歷代魔王都會考慮到整個魔族的情況，派出適當的戰力。

現任魔王則完全不管那些事情，打算盡可能地收集戰力，拿出全力與人族開戰。

許多軍團長都對此示以難色。

連我都能看出這麼做會有什麼後果了，其他軍團長會示以難色也是當然的。

而軍團長們也不會眼睜睜看著破滅到來卻不行動。

如我所料，有人開始密謀廢掉魔王大人。

我覺得這是個機會。

於是，我二話不說就決定加入叛變行動。

我想要得手推翻暴政魔王這樣的實績。

我有十足的勝算。

魔王大人看起來很年輕。

她肯定是因為被任命為魔王就得意忘形，才會不知道分寸亂搞一通。

真是個笨蛋。

我答應加入在水面下進行的叛變行動，謹慎地把兵力集中到第七軍軍團長華基斯大人麾下。

華基斯大人會組織叛軍發動進攻，而我也會配合他的行動派出第六軍。

沙娜多莉小姐的第二軍也會出手協助，裡應外合打穿魔王大人的牙城。

雖然還有巴魯多大人的第四軍擔任守軍，但巴魯多大人好像也是心不甘情不願地跟隨魔王大人，士兵們也並非真心對魔王大人效忠。

如果我方使出心理戰喊話，應該會有不少士兵棄暗投明。

此外，由於負責掌管人事的第九軍軍團長涅雷歐大人也是同夥，我們可以順利地調動人員。

魔王大人完全不會起疑，當她發現時，叛軍已經組織完畢了。

到時候她就來不及阻止，反叛行動等於成功。

……原本應該是這樣才對。

實際上，卻是叛軍輕易地就被鎮壓。

身為主謀的華基斯大人當著我們的面自盡。

在那之後，亞格納大人立刻對所有參加了反叛行動的軍團長提出忠告。

到了那一刻，我才總算明白一件事。

我搞砸了。

那位在軍團長中資歷最深、任何人都認同他是魔族最強的實力派人物亞格納大人，選擇站在魔王大人那邊。

我不知道亞格納大人為何選擇跟隨魔王大人。

可是，光是亞格納大人選擇跟隨魔王大人這件事，就足以讓我接受反叛行動失敗這個結果。

亞格納大人的影響力就是這麼大。

光是與亞格納大人為敵，就已經沒有太多勝算了。

我選錯邊了。

我得找機會挽回才行。

正當我感到焦慮時，魔王大人把我叫了過去。

然後，我明白亞格納大人跟隨魔王大人的理由了。

被叫過去的人不是只有我。

涅雷歐大人、沙娜多莉小姐，還有我。

我們都是暗中協助反叛行動的人。

相較於擺出一副毅然決然態度的涅雷歐大人，以及跟平時一樣露出從容微笑的沙娜多莉小姐，當時的我應該在狼狽地臉色發白吧。

我原本還在擔心魔王大人會說要處決叛徒，但她宣布的事情，卻是更換第九軍軍團長的人事命令。

我鬆了一口氣。

第九軍本來就是名存實亡的軍團。

軍團長涅雷歐大人是人事部首長，他忙於人事方面的工作，根本沒在做軍團長的工作。

而魔王大人想換其他人當軍團長，組織一個正式的軍團。

事情就是這麼簡單。

我原本還以為我們可能會被處決，所以這讓我放心多了。

不過，下一瞬間，我便明白自己放心得太早了。

那種……那種事情太不正常了……

「事情就是這樣，我不需要現在的第九軍軍團長了。」

魔王大人如此說道。

然後，就跟她說的一樣，涅雷歐大人被當成不需要的垃圾處理掉了。

那可不是只有處刑那麼簡單。

那根本不是人該有的死法！

居然被吃得連一點血肉都不剩……

那不是人該有的死法，也不是人該做的行為。

魔王大人的外表看起來還是個孩子。

可是，她的內在其實是可怕的怪物。

深受稚氣外表所苦的我，居然因為外表而看不起魔王大人，這實在讓人笑不出來。

從那一天以後，我們就掉進地獄了。

我到底是在哪裡走錯了？

答案顯而易見。

打從一開始，我就不該違抗魔王大人。

我被她的外表所欺騙，對她的執政方針嗤之以鼻，一廂情願地看不起人家。

以為魔王大人是個愚蠢的小鬼頭，只是因為得意忘形才打算做些蠢事。

事實並非如此。

我現在明白了。

魔王大人是在徹底明白後果的情況下，想把我們打進地獄之中。

那傢伙是個怪物。

看著我們掙扎死去的模樣，還能開懷大笑的怪物！

天曉得她什麼時候會一時興起就把我殺掉。

總之，我只能聽從魔王大人的命令，裝出順從的樣子，盡量博取她的好感了……

魔王大人是這麼說的。

「多殺一些，多死一些。」

所以，我必須殺掉許多敵人才行。

如果不這麼做，就會換成我們被殺掉！

「修維大人！再也撐不下去了！我們撤退吧！」

然而，副官卻建議我撤退。

人族的要塞之一——達薩羅要塞。

第六軍受命攻打這座要塞。

戰況坦白說並不樂觀。

老實說，這個結果出乎我的意料。

我率領的第六軍是魔法師團。

雖然這一方面是因為我醉心於魔法，但更重要的原因是——魔法師的人數越多越有效，所以我刻意做出這種不平衡的編制。

魔法師在軍隊裡的任務，就是用大魔法殲滅敵軍。

能夠對廣大範圍造成極大損害的大魔法，是大人數軍隊決戰時的王牌。

我軍可以用多少發大魔法擊中敵軍——

就算說這是決定勝敗的分水嶺也不為過。

而如果要施展大魔法，就非得透過聯手合作這個技能，讓複數魔法師協力進行。

正因為如此，招集夠多的魔法師是很重要的。

有能力使用大魔法的魔法師是貴重的人才。

自從被任命為軍團長以後，我便傳授魔法給看起來有潛力的士兵，或是透過交涉手段，從其他軍團挖走有天分的士兵，增加魔法師的數量。

拜此所賜，第六軍成為了在破壞力與滅敵能力上無人能出其右的軍團。

相對的，前線士兵訓練不足的問題也被突顯了出來。如果是在野戰之中，他們很可能會被敵軍突破，讓最重要的魔法師部隊陷入險境。

不過，如果是打攻城戰，他們就能徹底發揮出驚人的破壞力。

只要對方沒有捨棄要塞主動出擊，我方就能單方面施展大魔法，直接摧毀掉要塞，取得勝利。

我這麼堅信著。

然而，現在這副慘狀是怎麼回事？

「可惡！」

「修維大人！請下令撤退吧！」

我咒罵，副官再次提議撤退。

第六軍已經被逼到不得不撤退的地步了。

從副官焦急的模樣就能看出情況有多麼嚴重。

我們本來應該可以打贏才對。

因為我們可是在用魔法對轟啊！

沒錯，對方選擇的戰法，就是用魔法跟我們對轟。

對方用我們第六軍最擅長的戰法向我們發起了挑戰。

我暗自竊笑。

堅信我軍此戰必勝。

然而……！

為什麼我軍會屈居下風！

我軍沒有被任何一發大魔法擊中。

雖然我軍的大魔法也都被破壞掉，沒能擊中敵軍就是了。

戰爭的勝敗就取決於該如何用大魔法擊中敵軍。

就性質上來說，如果想要發動大魔法，無論如何都需要準備時間，而且大量的魔力也會讓對手立刻察覺到我方正準備發動大魔法。

保護我方準備發動的大魔法，同時設法破壞掉敵方的大魔法。
視情況而定，有時候也會把大魔法當作誘餌，藉此吸引對方的注意力。
這便是戰場上的謀略對決。
在這場戰鬥中，雙方就這點來說算是難分軒輊。
雖然我方的大魔法全都在發動前被破壞掉，但對方的大魔法也同樣被我方破壞掉了。
不管是對我軍還是敵軍來說，作為主軸的攻擊都沒發揮作用。
換句話說，我們只是在用普通魔法不斷對轟。
明明是這樣，為什麼只有我方出現傷亡！
魔族的能力值應該比人族優秀才對啊！
如果用魔法對轟，應該是能力值較為出色的我們會獲勝才對。
然而，結果卻正好相反。
太奇怪了。
這到底是怎麼回事！
敵方的主將似乎是名叫羅南特的人族魔法師。
據說他是從前前任魔王的時代便已經誕生的人族英雄之一。
我沒有看不起他的意思。
可是，我有著在魔法上不會輸給任何人的自信。

然而，我竟然落敗了！

我緊咬著牙。

再這樣下去，我會被魔王大人殺掉的。

「不能撤退。」

「為什麼不能！再這樣打下去，我方的傷亡只會不斷增加！」

「辦不到的事就是辦不到！」

要是在這種沒有取得像樣戰果的情況下撤退，魔王大人絕對不會放過我們。

我會被殺掉。

我會被吃掉。

我絕對不要那樣！

我不想要那種死法！

我無論如何都得拿出成果才行。

為此，我該做的事情就是……

「我要施展大魔法。輔助我。」

「就算現在施展大魔法也沒有意義了！我們撤退吧！」

「我叫你輔助我！」

我要親手用大魔法擊潰敵軍。

修維

如果不這麼做，就沒辦法扭轉戰局。

我明明要開始做準備了，周圍卻沒有一個人打算行動。

這群遲鈍的廢物！

「快來幫忙！」

我忍不住使勁跺地。

下一瞬間，某種東西在腦袋裡炸開了。

「咦？」

然後，在搞不清楚發生什麼事的情況下，我的意識墜入黑暗之中。

Huey Guidek

修維

本名是修維．吉德克。他是魔族軍第六軍的軍團長，也是代代都在磨練魔法實力的伯爵家現任當家。在純正的魔族軍團長中，他年紀最輕，外表也跟少年一樣稚氣。因為這樣的外表以及自幼父母便不在人世的經歷，他的人生充滿了苦難，而他是個努力的人，憑實力克服了那些難關。不過，他也十分清楚自己比不上其他軍團長，為了追上並超越其他人而積極展開行動。因為這個緣故，讓他踩到魔王這隻老虎的尾巴，因為撞上了無論如何都無法跨越的高牆而感到畏懼。

羅南特

「好久不見。」

「師父，好久不見。」

我跟許久不見的徒弟一號，也就是勇者尤利烏斯碰面了。

我們兩人上次見面，已經是好幾年前的事情了。

因為神言教從旁阻礙，讓我們連想要普通地碰面都辦不到。

真是群可惡的傢伙。

「看你好像過得不錯，我放心多了。」

「那是我要說的話。師父，你明明已經上了年紀，卻還沒退休，看起來很硬朗呢。」

「你以為我是誰啊？只要我還沒死，就絕對不可能退休。」

「師父就是師父。」

徒弟一號優雅地笑了。

雖然受我照顧時還留有些許稚氣，但他已經算得上是個大人了。

「尤利烏斯……啊，羅南特大人，您是什麼時候過來的？」

這個連門都沒敲就闖進來的傢伙，我記得好像叫做哈林斯吧？

他是徒弟一號的朋友兼夥伴之一。

「我剛到。」

「師父是突然轉移過來的。我已經告訴過他很多次，說這樣會嚇到別人，叫他不要這麼做了。」

「連轉移的徵兆都看不出來，代表你還太嫩了。」

我沒把徒弟一號的怨言聽進去。

因為如果不這樣偷偷跑來見他，神言教又會有一大堆意見。

「這人還是沒變……」

名叫哈林斯的小鬼頭嘆了口氣，但我自認還沒越過公序良俗的底線。

「所以，師父、哈林斯，你們來找我是有什麼事情嗎？」

「沒錯。不過，你可以先處理哈林斯小鬼頭那邊的事情。」

我的事情不是很重要。

只是多管閒事罷了。

既然如此，晚點說也無所謂。

「小鬼頭啊……也對，在羅南特大人眼裡，我確實是個小鬼頭。」

「說小鬼頭是小鬼頭有什麼不對？如果想要反駁，就等你有辦法打贏我再來吧。」

「拜託您放過我吧。」

小鬼頭露出苦笑，迅速換上認真的表情。

「羅南特大人，我接下來要說的事情，基本上都是軍事機密。」

「嗯，我明白了。我保證不會把在這裡聽到的事情說出去。」

小鬼頭應該是希望我能暫時離開，但他也明白我八成不會離開，果斷打消了念頭。

他認識我也不是一天兩天的事了，對我應該有這種程度的了解才對。

如我所料，他露出看開了的表情開始報告。

「我軍的偵察部隊沒有準時回來，應該可以當成是被敵人收拾掉了吧。」

聽到小鬼頭的報告，徒弟一號露出沉痛的表情。

聚集在可說是人族最前線的這個地方的部隊，跟一般的部隊不太一樣。

他們都是精銳中的精銳。

而這些精銳的偵察部隊卻沒能取得任何情報，也沒能平安歸來。

這個事實也意味著對方就是如此危險的敵人。

「嗯……沒回來的部隊一共有幾支？」

「全都沒回來。」

不會吧……

情況比我預期的還要糟。

面對這次這種大規模戰爭，我軍把偵察部隊分成了幾支小隊去收集情報。

這樣就算一支小隊被敵軍發現後殲滅，其他小隊也能帶著情報回來。

可是，這次所有小隊都沒能回來。

也就是說，敵軍的搜查能力強過我軍偵察部隊的匿蹤能力，還擁有足以迅速解決掉我軍偵察部隊的戰鬥力。

而且敵軍人數還多到足以同時襲擊分散開來的偵察部隊。

偵察小隊之間不可能不互相聯絡。

他們應該都受過訓練，一旦其中某支小隊情況不對，就會迅速撤退。

既然他們沒辦法那麼做，表示他們應該是同時受到襲擊。

能夠找出偵察部隊的搜查能力。

能夠殲滅偵察部隊的戰鬥能力。

擁有這種能力的敵方部隊，數量至少跟我軍的偵察部隊一樣多。

「看來這會是一場苦戰。」

徒弟一號鬱悶地如此說道。

他八成是想到那些犧牲的偵察部隊隊員了吧。

「徒弟一號。」

為了對這個笨蛋徒弟說教，我壓低聲音叫了他。

「我猜你應該是想到那些偵察部隊的犧牲者了吧。如果有時間想那種事情，還不如多擔心你自己。」

「師父！你說那種事情是什麼意思！」

雖然徒弟一號平常不會對別人大小聲，但只要碰到跟人的生死有關的事情，就會變得很敏感。

「我是說，你現在該想的不是偵察部隊的犧牲者的事情。」

「師父……就算是你，有些話也是不該說的。如果你繼續說下去，我絕不寬待。」

「哦？絕不寬待？」

我散發出的壓迫感讓小鬼頭畏縮了。

雖然徒弟一號表面上不為所動，但也只是裝出來的。

「你要怎麼對我絕不寬待？你該不會以為自己打得贏我吧？」

我刻意加重每字每句的口氣，壓低聲音如此問道。

不知道是徒弟一號還是小鬼頭發出了吞口水的聲音。

「別自以為是了。人外有人，天外有天，不管你是勇者還是什麼都一樣。」

我收回那種壓迫感，用手杖輕輕戳了徒弟一號的額頭。

「偵察部隊那件事也是一樣。那些傢伙做了自己份內的工作，結果力有未逮戰死了。為他們的死哀悼並沒有錯，不過，要是覺得他們的死是你的責任，那你就大錯特錯了。要是你以為身為勇者就能拯救所有人，那更是錯得離譜。還是說，你該不會誤以為只要親自去偵察就沒事了吧？那才是剝奪那些死者的工作，並且宣稱他們都是廢物的最大汙辱。你這個貴為勇者的人，應該不會有那種比人渣還不如的惡劣想法吧？」

聽到我的指責，徒弟一號似乎找不到反駁的話。

他說不出話，無力地低著頭。

這小子從以前就是這樣。

總是喜歡背負不需要背負的責任。

如果一個人戰死了，永遠只有他本人需要負責。

不是別人，而是戰死的本人負責。

而這小子也不知道搞錯了什麼，如果不能拯救所有人就不會滿足。

那種事明明只有神才辦得到。

「尤利烏斯。」

不是徒弟一號，我直接喊他的名字。

尤利烏斯緩緩抬起垂著的腦袋。

「在戰場上只要顧好自己就行了。」

要是心裡還掛念著其他人，就算是原本能活著回來的人也無法倖存。

「人外有人，天外有天，你應該也很清楚這個道理吧？只有強者能夠保護別人，而你是個弱者，連我都打不贏的弱者。」

「師父，那是因為你很強，才有辦法說這種話。」

聽到尤利烏斯毫無霸氣的反駁，我「哈」的一聲笑了出來。

「世上還有比我更強的人，這點你應該也很清楚吧？」

如果是同樣認識那位大人的尤利烏斯應該明白這點才對。

那就是——世上存在著我們人族絕對無法抗衡的強者。

「聽好，要是你遇到危險，一定要毫不猶豫地逃跑，因為你好歹是個勇者。比起勇者逃跑這個事實，勇者戰死這件事要來得嚴重多了。給我好好記住這件事吧。」

「放心吧，我會保護尤利烏斯的。」

小鬼頭在那邊說什麼傻話。

「你這個比徒弟一號還要弱的傢伙說這種話，根本一點說服力都沒有。」

「這話也未免說得太毒了吧！」

他擺出這種不正經的態度，八成是為了舒緩現場的氣氛吧。

為了不讓徒弟一號懷著鬱悶的心情上戰場，才會試著讓朋友的心情變好。

雖然在戰鬥力上不太可靠，但他是個不錯的朋友。

「哈哈，那就麻煩你保護我了。」

「嗯，放心交給我吧。」

小鬼頭的計畫成功了，徒弟一號似乎稍微振作起來了。

「話說回來……羅南特大人，沒想到您會因為關心徒弟而跑來教訓他，原來您也有可愛的地方嘛。」

「我……我才沒有那種想法呢！」

這傢伙到底在說什麼傻話啊！

虧我還以為他是徒弟一號的好朋友，看來是我搞錯了！

「哎呀，他害羞了耶。」

「我才沒有害羞！真是的！我要回去了！」

「師父，今天真的非常感謝您。」

「哼。」

我發動轉移，離開那個地方。

那是前幾天發生的事情。

「敵軍開始撤退了。」

「嗯。」

一位徒弟如此報告。我應了一聲。

自從把尤利烏斯收為徒弟一號以後，我就把目標從鍛鍊自己改為培育徒弟了。

我已經上了年紀。

就算繼續鍛鍊自己，也不會有太大的長進。

既然如此，我就把自己在人生中學到的東西傳授給後進吧。

這麼一來，說不定我的學生中會出現幾個練就超人之力的傢伙。

我對此懷有淡淡的期待。

於是，我從世界各國招募志願者，把他們當成徒弟鍛鍊。

不過，絕大多數人都無法忍受我的訓練方式，夾著尾巴逃走了……

我明明已經記取把徒弟一號操得半死的教訓，降低訓練的難度了啊……

不過拜此所賜，留下來的徒弟們都練就了還算過得去的實力。

他們變得有辦法忍受我的初階訓練了。

能夠使用空間魔法的人也變多了。

可是，這樣還不夠。

還沒有人能夠超越徒弟一號。

雖然徒弟一號是勇者，這也是沒辦法的事，但連能夠超越徒弟二號的人都沒有，就實在太不像話了。

徒弟二號歐蕾露原本是我的侍女。

我只是看她對魔法好像有點天分，才一時興起收她為徒。

因為這個緣故，徒弟二號沒什麼幹勁。

她明明毫無幹勁，卻是實力僅次於尤利烏斯的徒弟，讓我不曉得該為其他徒弟太沒用而感嘆，還是該為她如果更認真修行就能變得更強而惋惜。

不過，雖然這些徒弟不太中用，但他們身為魔法師的實力卻比上個世代高出了許多。

我在這一戰中徹底體會到這個事實。

他們跟魔族用魔法對轟，成功壓過了對方。

魔法的威力都是固定的，頂多只會因為能力值的高低而出現些許變動。

那是上個世代的常識。

自從遇見那位大人，隨後又跟蜘蛛們一起修行以後，我發現魔法的威力是可以增加的。

而這種技巧的必要條件，就是魔力操縱這個技能的等級。

在此之前，大家都以為魔力操縱只是發動魔法的必要技能，只要有這個技能就可以了。

可是，我發表了如果提升魔力操縱這個技能的等級，就能對魔法的建構做出改動，藉以提升魔法威力的這個研究結果。

從此之後，魔法學的理論就改變了。

就算不使用必須結合好幾個人的力量，耗費漫長時間才能發動的大魔法，也能用魔法給敵人致命一擊。

雖然敵方的魔族軍團也是支魔法部隊，卻是以上個時代的大魔法為主要武器。

那樣是贏不過我們的。

我就是用提升了威力的長距離射擊魔法來解決掉疑似敵方將軍的少年魔族。

那名魔族應該連自己死了都沒發現吧。

雖然從外表看不太出來魔族的實際年齡，但既然他看起來那麼幼小，應該相當年輕吧。

從用兵技巧也能看出他缺乏經驗，所以我應該沒有猜錯才對。

既然那麼年輕就被提拔為將軍，那他應該是個才華洋溢的年輕人吧。

真是可惜。

不過，對敵人不需要手下留情。

因為我也是一軍之將，肩負著部下的性命。

別怪我無情。

可是，為他祈求安息應該還是可以的吧。

「我軍的傷亡不大。因為敵軍的攻勢前所未有的強烈，害我一直提心吊膽，但如果繼續維持現狀，我們應該可以守住這座要塞。」

「我也這麼認為。」

徒弟開心地這麼說。

事實上，敵人的數量非常多。

這場魔法戰打得很激烈，雖然因為我鍛鍊出來的徒弟們的魔法實力強過還活在上個世代的魔族，讓我們取得這一戰的勝利，但我們贏得並不輕鬆。

萬一這座達薩羅要塞的守軍不是我跟這些徒弟的話，說不定就會輸給那位魔族的魔法，直接連要塞一起被摧毀。

我們只是因為運氣好才能取得勝利。

如果其他要塞也被同樣規模的軍隊攻打的話，說不定會有幾座要塞落入敵人手中。

而且我不知為何有種不好的預感，內心無法保持平靜。

我對此感到不安，懷疑這可能是某種不好的事情將要發生的前兆。

「千萬別掉以輕心。對方可是魔族，他們的能力值比我們人族更強。」

「！您說得對！」

聽到我這麼說，沉浸在勝利的喜悅中的徒弟們立刻重新上緊發條。

「快點去替傷患治療。」

「遵命！」

徒弟們俐落地展開行動。

我得做好準備才行。

希望這種不好的預感只是我想太多了。

III
魔族軍第四軍
梅拉佐菲
邦彥、麻香

梅拉佐菲之戰的重點整理！

這裡是小白的解說專欄！

就跟大家看到的一樣，梅拉負責攻打的要塞就位在湖和森林之間！

說到湖，就讓人有種會打水上之戰的預感！

雖然大家可能會這麼想，但這個世界的航行技術並不發達～

這是因為水裡幾乎都住著強大的魔物。

像大海就是稍微游個泳就會有水龍跑出來打招呼的魔境。

雖然湖的情況比較好一些，但要是搭船在上面航行的話，無一例外都會被弄沉。

這也未免太可怕了吧。

因為這個緣故，對雙方軍隊來說，湖只不過是個禁止進入的區域。

防守方有著可以不用管湖，只需要提防來自陸地的攻勢就行的優勢。

只不過，因為敵軍也有可能繞過湖對面的森林，偷偷繞到要塞後方，所以防守方也不能掉以輕心。

就地利來說，雙方軍隊可說是各有優勢。

這是個很考驗自身能力的戰場。

就這點來說，我想梅拉應該不會有問題才對。

邦彥

我擁有前世的記憶。

在名為地球的星球上，一個名叫日本的國家出生長大的記憶。

我在那裡是名高中生。說來慚愧，其實我只是個平凡的小子。

說到我唯一不平凡的地方，頂多就是有個青梅竹馬吧。

我跟櫛谷麻香這位青梅竹馬的交情並沒有特別好。

話雖如此，但我們的交情也算不上差。

真要說的話，應該算好才對吧。

我們住得很近，從幼稚園到國中都一直讀同一間，雖然沒有事先說好，但就連高中也是讀同一間，而且還是同班同學。

簡單來說，就是段孽緣。

她既不會在早上來我家叫我起床，也不會跟我一起放學回家。

而且因為我經常遲到，我們很少會在早上見面。

雖然當我偶爾早起，碰巧遇到她的時候，我們會一起去上學，但也就只有這樣罷了。

只不過，雖然很不可思議，但我總覺得自己將來八成會跟她結婚。

不知為何，她給我一種不需言傳也能意會的安心感。

我很明白自己的態度不夠乾脆，也覺得要是自己一直裝出從容不迫的樣子，說不定會被不知道從哪裡跑出來的臭小子橫刀奪愛。

可是，我還是沒有進一步行動，一直跟她保持著青梅竹馬的關係。

我就是這樣一個除了跟青梅竹馬的關係之外，其他地方都不值一提的凡人。

我對此並沒有感到不滿。

畢竟大家都說平凡才是最好的。

可是，我也確實覺得自己的人生好像少了些什麼。

我想在不是這裡的某個地方盡情來場大冒險。

我希望自己能遇上像遊戲或輕小說那種令人興奮的事件。

不過，我很明白那是不可能實現的願望。

因為那種事一點都不現實。

……原本應該是這樣才對。

當我回過神時，我已經轉生到這個世界了。

老實說，我既沒有自己死掉時的記憶，剛轉生後的記憶也很模糊。

那是一種像是半夢半醒的感覺，然後我就突然變成嬰兒了。

在意識變得清晰的瞬間，我驚訝地叫了出來。

因為在我前世最後的記憶中，我只是很普通地在上古文課而已。

根本沒有會致人於死的要素。

我不知道自己到底是怎麼死的。

畢竟我突然就變成嬰兒了。

想也知道會感到混亂。

不過，即使我內心感到混亂，卻不至於精神錯亂，這都是多虧了睡在我身旁的麻香。

嗯，沒錯。

我說的就是跟我同班的青梅竹馬麻香。

麻香不知為何也轉生了，即使來到今世，她也以青梅竹馬的身分陪伴在我身邊。

明明長相變了，而且還是個嬰兒，我也不知為何一眼就看出了她是麻香。

我後來問過麻香，她說她也是一樣。

我真的嚇到了。

可是，我更覺得這是命運的安排。

彷彿連神明都叫我們兩個在一起。

因為這個緣故，雖然我們前世時保持著微妙的距離感，轉生後卻迅速拉近了距離。

麻香忘不了前世的事情，說她非常不安，要是沒有我在身邊，就好像會迷失自我。

因為身旁還有麻香，我也才能說出要去冒險這種毫無緊張感的話。

我們轉生來到的這個世界充滿奇幻要素，不但存在著魔物，也有冒險者這種職業，簡直就是前世的我所憧憬的世界。

我總是告訴別人，說我的夢想是成為冒險者環遊世界。

要是麻香不在身邊，我也不敢保證自己還能說出那種話。

畢竟突然被獨自丟到陌生的世界這種事，想到就令人害怕。

幸好有麻香在我身邊。我是說真的。

當我有辦法開口說話後，我做的第一件事情就是向麻香告白。

「要是沒有妳，我就活不下去了，請妳以後嫁給我吧。」

我是在光天化日之下當著母親們的面，光明正大地向她告白。

那是場公開告白，但麻香卻把當時那件事說成是公開處刑。

後來我也有所反省，覺得當時的自己太過性急。

看到那一幕的母親們用關愛的眼神看著我們。

彷彿在說我們「真是早熟」一樣。

畢竟她們不曉得我們擁有在異世界當高中生的記憶，這也怪不得她們。

而且她們也只會覺得那是小孩子的告白遊戲，所以這或許反倒是件好事。

畢竟麻香當時非常害羞。

可以當場得到她的同意或許已經是個奇蹟了吧。

我前世就覺得自己總有一天得好好面對這段感情，卻遲遲找不到契機，讓問題一直懸在那裡。

雖然我沒想到我們居然會轉生到異世界，讓這段關係出現變化，反正得到了好的結果，我也沒有怨言。

以「一個契機」來說，轉生實在太有戲劇性了。

總之，事情對我來說算是一帆風順，讓我覺得轉生也不是件壞事。

不過，麻香跟我不同，她似乎還是相當留戀過去的一切，經常想起前世的事情，並且為此哭泣。

每當這種時候，我就會在旁邊默默安慰她。

畢竟能夠像我這樣看開反倒是件奇怪的事。

不過，麻香是個堅強的女孩，最後還是慢慢振作起來了。

……可是，麻香心情低落時經常坦率地向我撒嬌，非常可愛。

雖然她能振作起來是件好事，但我還是不免感到有些遺憾。

總之，我轉生到自己憧憬的奇幻世界，還順利地與青梅竹馬訂下婚約。

總覺得前途一片光明。

我將來肯定會跟麻香一起環遊世界，過著非常快樂的每一天。

我對此深信不疑。

……直到那一天到來為止。

「喔喔……真的有耶。」

「邦彥，你看起來怎麼有些開心？」

看著從要塞上面俯瞰敵軍的我，麻香有些厭惡地這麼說。

「因為……妳看那邊，厲不厲害？」

我用手指著魔族的大軍。

別說是在這個世界了，就算是在地球上也很難看到的武裝大軍正朝向這座要塞進軍。

「超級壯觀。」

「你會有這種感想，我不是不能體會，可是我們接下來就要跟他們決戰了耶？」

麻香大大地嘆了口氣。

魔族組織軍隊打過來了。

這個最近大家說得煞有其事的傳聞，在冒險者公會開始正式召集願意參戰的冒險者後，從傳聞變成了現實。

而且B級以上的冒險者還是強制參加。

雖然C級以下的冒險者可以自行決定要不要參加，但公會似乎表示希望大家都盡量參加。

因為我和麻香是A級冒險者，所以必須強制參加。

公會毫不吝惜地派出高等級冒險者，甚至連平時負責對付城鎮周圍魔物的中堅冒險者都打算動員。

雖然這會導致當地的安全暫時變差，但這也表示此一戰役危急到公會不得不這麼做的地步。

為了運送士兵與冒險者，就連平時通常不會開放的轉移陣也都毫不吝惜地被拿來使用，這就是最好的證據。

雖然這些事都是麻香告訴我的就是了。

我才懶得去想那些麻煩的事情，只打算按照委託與魔族戰鬥。

「哼！只要有我們兩個在，不管敵軍有多少人都不成問題。」

「邦彥，你不要得意忘形了。」

雖然麻香嘆了口氣，但她自己看起來也很冷靜。

同樣聚集在這裡的冒險者們，絕大多數都是一副緊張的樣子。

畢竟聽說魔族的能力值高過人族，而且攻打過來的敵軍有那麼多人，他們當然會緊張。

更何況，聽說魔族已經有許多年不曾發動攻勢了。

雖然在那之前，雙方一年到頭都在爆發小型衝突，但那種狀況突然停止了，因此實際跟魔族交手過的人也就只有那些上了年紀的老爺爺。

換句話說，不光是我跟麻香這樣的年輕人，絕大多數的人族都是頭一次跟魔族戰鬥。

畢竟冒險者平時的敵人都是魔物，雖然偶爾會跟盜賊戰鬥，但都不曾參加過這樣的戰爭。

而且想要把除了平時組隊的夥伴之外，沒辦法跟別人好好配合的冒險者召集起來，讓他們做出有組織性的行動，應該也是不可能的事情。

畢竟我們不曾接受過那種訓練。

一切都是未知的經驗。

而我方軍隊的高層似乎也明白這點，基本上都讓我們這些冒險者自由行動。

我們全被派到要塞防線的邊緣，正面防線似乎是由受過正規訓練的士兵負責防衛。

總之，我們可以選擇守住這裡。

也可以選擇擔任游擊部隊主動出擊。

只不過，要是因為太過勉強自己而戰死，後果也得自行負責喔！

事情就是這樣。

就算我們不勉強自己，敵軍的人數那麼多，應該有很多人會戰死吧。

所以大家才會那麼緊張。

不會緊張的人，要不是像我和麻香這樣對自己的實力有信心的人，就是已經習慣這種生死戰場的沙場老將。

「邦彥、麻香。」

聽到有人叫我的名字，我回頭。

「嗨，師父。」

「好久不見。」

「嗯。話說回來，邦彥，你還真是毫無緊張感耶，真不曉得這樣是好是壞。」

在師父叫我以前，我就感覺出是他了。而那聲音的主人果然是我們的冒險者師父，也就是戈頓先生。

戈頓先生是A級冒險者，也是從小照顧我和麻香的恩人。

在我和麻香努力想要成為冒險者的時候，他教了我們基礎知識。

「你們兩個的傳聞連我都聽說了。聽說你們快升上S級了？」

「是啊，剩下的條件就只有年資了。」

「很厲害吧～」

「你們明明不久前還是孩子，竟然轉眼間就追過我了。」

戈頓先生感傷地說出這種只有大叔會講的話。

我和麻香以冒險者的身分環遊世界，完成了許多困難的委託。

拜此所賜，我們升上了A級，而且除了活動年資以外，也已經滿足所有升上S級的條件。

再來只要以冒險者的身分繼續活動一段時間，就會自動升上S級。

無論是名還是實都將會高過A級的戈頓先生。

「戈頓先生，只要你有那個意思，應該也能升上S級吧。」

戈頓先生在冒險者中算是相當強的。

既然一直都在環遊世界的我敢這麼說，那就絕對錯不了。

雖然我們偶爾會遇上現役的S級冒險者，但老實說，我跟麻香還比較強。

所以，戈頓先生的實力也不會輸給S級冒險者。

如果考慮到魔劍的力量，在S級冒險者中，他應該算得上是強者。

戈頓先生的稱號是雷劍。

就跟這個稱號一樣，他擁有帶有雷霆之力的魔劍。

那把魔劍是非常不得了的東西，甚至有人說它放出的雷電威力不下於大魔法。

只不過，擁有這把魔劍並非全是好事，也有人宣稱戈頓先生是靠魔劍的力量才能升上A級。

戈頓先生升上A級明明就是他得到魔劍以前的事情！

「我的力量都是來自這把魔劍，S級對我來說太沉重了。」

戈頓先生一邊輕拍掛在腰際的魔劍一邊這麼說。

就是因為戈頓先生總是謙虛地這麼說，才會招人嫉妒。

「而且我只打算在家鄉活動，有A級就夠了。」

「如果你覺得這樣就夠了，那我也沒辦法多說什麼。」

看到我無法認同的樣子，戈頓先生露出苦笑。

「對了，戈頓先生，既然你說要在家鄉活動，那應該是歐昆要塞比較近不是嗎？」

這麼說來，好像真的是這樣。

麻香的質疑不無道理，我們目前鎮守的要塞離戈頓先生住的魔之山脈山腳有段距離。

離魔之山脈最近的防守據點，是另一個名叫歐昆要塞的地方。

如果戈頓先生要去，應該是去那裡才對。

畢竟聽說魔族這次是同時攻打人族領地邊境的所有要塞。

「嗯……照理來說是這樣沒錯啦……」

戈頓先生有些欲言又止地這麼說。他環視周圍，接著壓低音量繼續說了下去。

「這件事你們不要告訴別人，我來是因為許多實力高強的冒險者都被叫來這裡了，你們看那邊。」

戈頓先生將視線移向幾名冒險者。

被戈頓先生注視的每個傢伙都是在知名公會裡擁有稱號的一流冒險者。

「這又是為什麼？」

「……因為這裡的士兵很弱。」

戈頓先生壓低音量，用不耐煩的口氣繼續說了下去。

「這座要塞的負責人是個只靠地位當上將軍的庸才。這麼一來，他手下的士兵也不可能優秀到哪裡去吧。所以，為了補足這裡欠缺的戰力，上頭才會多派一些本領高強的冒險者來這裡。」

「啊？這算什麼？」

我忍不住傻眼地叫了出來。

「帝國不是信奉實力至上主義的國家嗎？怎麼會讓那種廢物當上將軍？」

「因為帝國以前要面對魔族的威脅，所以大家都很團結，可是後來威脅消失了，帝國內部便開始出現各種問題。」

我和麻香都不禁傻眼地嘆了口氣。

「其中又以維戈家族的衰敗特別嚴重，畢竟繼承人全家和當家都接連過世了。如果維戈家族依然健在的話，情況應該就不會這麼嚴重了……」

「……你知道的還真多呢。」

面對說出帝國內情的戈頓先生，麻香用狐疑的眼神看了過去。

「我並沒有知道多少詳情，但就算我不想知道，這些消息也會傳入耳中。從原本不該被人知道的內情完全藏不住這點，就能看出帝國內部變得多麼脆弱了。」

戈頓先生一臉厭惡地聳聳肩膀。

「而那些內部問題造成的後果，就是現在這個情況。」

說完，戈頓先生看向魔族軍。

「不過，這種布陣還不錯。」

「是這樣嗎？」

「是啊。我說過了吧，這裡的將軍是個庸才。在最糟糕的情況下，就算我們這些冒險者被他當成棄子也不奇怪，像是在跟魔族軍戰鬥的時候，被自己人從後方攻擊之類的。我們現在只被當成礙事的傢伙踢到角落，這種待遇已經算不錯了。」

「嗚哇……」

我忍不住叫了出來。

也就是說，這裡的將軍無能到就算做出那種事也不奇怪的地步嗎？

不用聽那種傢伙的命令，確實不是件壞事。

雖然冒險者姑且算是整個指揮體系中的一員，卻沒必要聽上面的命令。

軍方似乎認為讓冒險者自由發揮比較好。

嗯？可是，我不認為戈頓先生口中的將軍能做出這種判斷耶。

「那是因為他有個能幹的副官，做出了這樣的安排。」

聽到戈頓先生的說明，我心中的疑惑就消逝了。

據說那位副官跟將軍毫無關係，是帝國派遣過來的宮廷魔導士。

而且因為副官是個優秀的人物，所以這裡實質上的指揮官也是那個人。

只不過，由於水面之上的指揮官仍然是將軍，所以那人能做的事情有限，為此吃了不少苦頭。

「戈頓先生，你怎麼會知道那種事？」

「這個嘛……其實是因為我認識那女孩。我們昨天一起喝酒，然後她就邊喝邊抱怨這位將軍的無能事蹟。」

「我就知道會是這樣。虧你還好意思說什麼不想知道也會耳聞，明明就有偷偷跟大人物打好關係。」

麻香傻眼地看著戈頓先生。

「而且你還叫她那女孩，也就是說對方是個女生？」

「咦！難不成她是戈頓先生的女朋友嗎！」

「什麼！不是啦！你們誤會了！」

我還以為都已經老大不小還單身的戈頓先生終於迎來春天，但看來是我誤會了。

不過，戈頓先生也已經上了年紀，似乎不打算結婚了。

「畢竟在我眼中，她只不過是個孩子。到了這把年紀，我也不打算結婚了。雖然我也會羨慕你們，覺得要是有個從小就互許終身的對象也不錯就是了。」

說完，戈頓先生用溫暖的眼神輪流看向我和麻香。

從某處傳來咂嘴的聲音。

雖然我明白在即將開戰的嚴肅氣氛之下，談天說笑的我們會顯得格格不入，但我們似乎終於惹火沒有女朋友的冒險者了。

仔細一看，有不少冒險者都用感到困擾的眼神看著我們。

要是我們繼續談天說笑，恐怕就會有人過來找碴了。

邦彥

逼不得已，我決定乖乖閉上嘴巴。

「嗯？」

但是，在看向我們的視線中，我發現一道有別於其他人的視線。

順著那道視線看過去後，我看到一個穿著長袍的小孩。

雖然長袍完全蓋住頭部，讓我看不見對方的長相，但從身高與體格看來，對方顯然是個小孩。

為什麼這種地方會有小孩？

「喂，那個是不是不太妙啊？」

戈頓先生隨後發出的訝異聲音抹去了湧上我心頭的疑惑。

「不會吧……」

我不由得緊張地叫了出來。

當時發生的事情就是那麼異常。

嚇得目瞪口呆的人不是只有我們。

在場的所有人幾乎都半張著嘴，茫然地看著那東西。

如果要形容的話，那東西就像是一把巨大的槍。

一把漆黑的槍突然從魔族軍中出現了。

「黑暗槍？不對！那是暗黑槍！」

暗黑槍不就是黑暗魔法的上位魔法——暗黑魔法的一種嗎！

那不是大魔法嗎！

而且那種不尋常的大小和散發出的魄力又是怎麼回事！

「麻香！」

就在我大喊一聲採取行動的同時，巨大的暗黑槍也朝向要塞射了過來。

我拔出掛在腰際的魔劍，盡全力灌注魔力，解放魔劍的力量。

我的魔劍跟戈頓先生那把一樣，擁有雷霆之力。

這把刀型魔劍是用我們以前討伐的雷龍身上的素材打造的。

麻香也同時發動魔法。

麻香那把杖跟我的魔劍一樣，是用我們以前討伐的風龍身上的素材打造的。

那是把有著強化風系魔法效果的魔杖。

我放出的雷擊與麻香放出的風系魔法正面撞上了暗黑槍。

不，不光是這樣，從要塞的其他地方放出的光魔法也撞上了暗黑槍。

雖然暗黑槍與三道攻擊對撞，卻沒有被抵銷掉。

現場發出一聲巨響。

從我所在的位置可以清楚看見要塞正面被轟出大洞的瞬間。

破洞的寬度大約有十公尺左右吧。

要塞的牆壁崩塌了。

「不會吧……」

戈頓先生小聲呢喃。

就整座要塞的規模來說，損害並不大。

要塞的牆壁不是只有一道，而是有好幾道。

因此，就算牆壁稍微受損，只要放棄那道牆，退到下一道牆，就能繼續戰鬥。

但是，這樣我們就不能採取利用城牆防守，單方面攻擊敵軍的戰術了。

畢竟敵人在我方的射程之外。

照理來說，魔法沒辦法射得那麼遠才對。

可是剛才那發暗黑槍卻無視這樣的常理飛了過來，實在有些異常。

而且那發暗黑槍還擋下我方放出的三發攻擊，對要塞造成了損害。

如果不是我和麻香還有另一個不認識的傢伙主動迎擊，要塞應該會受到更大的損害。

要是那種攻擊不斷射過來的話，會有什麼後果？

我方恐怕束手無策，只能被單方面痛打了。

「看來只能主動出擊了。」

敵人在我方的射程之外。

然而，我方卻在敵人的射程之內。

那我們就只能主動出擊，設法拉近距離了。
現場籠罩在沉默之中，讓我的聲音特別響亮。
「主動出擊……你認真的嗎？」
剛才發出咂嘴聲的冒險者臉色蒼白地這麼說。
「你看到剛才那一擊了吧？那種東西根本沒辦法對付吧！」
「就是為了對付那種東西，我們才必須主動出擊吧！」
我大聲駁斥失去鬥志的冒險者。
「我要上了！有辦法跟上的傢伙就跟上吧！」
我大喊一聲，從要塞衝出去。
絕大多數的冒險者都畏縮了。
雖然我剛才說了那種話，但應該幾乎不會有人跟過來吧。
不過，那也無所謂。
只要有麻香在身邊，對我來說就足夠了。
「……我們可能太小看敵人了。」
「是啊。」
我和麻香邊跑邊交談。
我們兩個很強。

自從以冒險者的身分開始活動，我們只有在對決雷龍和風龍時遇到生命危險，除此之外都能十拿九穩贏得勝利。

所以，即使要跟魔族打仗，我們也毫不畏懼。

因為我們覺得魔族的威脅性應該比不上雷龍與風龍。

傲慢地以為就算人族戰敗了，我和麻香應該也能存活下來。

但是，看到剛才那發暗黑槍，讓我不得不重新改變想法。

我們或許無法活著回去也說不定。

但是，要是我和麻香現在逃跑的話，人族恐怕就確定會戰敗了吧。

那麼做實在讓人有些過意不去。

所以，我決定在力所能及的範圍內努力看看。

魔族的軍團就在眼前了。

為了迎戰衝向敵陣的我們，他們舉起了長槍。

「喝啊啊啊啊啊！」

我不顧一切衝了進去，發動魔劍的力量，在周圍降下落雷。

飛射的電光把許多魔族燒成焦炭，轟飛出去。

麻香的風系魔法又接著把剩下的魔族一網打盡。

在這個世界，只要能力值夠高，就能發揮出以一擋百的戰鬥力。

而我和麻香的能力值遠遠高過人族的極限。

就算是號稱英雄的人族，能力值也頂多只有一千左右。

而我和麻香的能力值至少是那些人的兩倍以上。

雖然魔族的能力據說強過人族，但看來對我們來說差別不大。

我們有能力應付！

也就是說，剛才那發暗黑槍是一大群人聯手發動的嗎？

……不對。

就算要聯手發動魔法，如果不是所有人都擁有能發動那種魔法的技能，並且練到足夠的技能等級，應該就無法發動才對。

暗黑槍是比黑暗魔法更高一級的暗黑魔法。

考慮到如果沒把影魔法練到極致，就無法學會黑暗魔法這點，想要學會更高一級的暗黑魔法可不是一件簡單的事。

學會那種魔法的人不可能會有那麼多。

如果是這樣的話，那這到底是怎麼回事？

「嗚！喝啊啊啊——！」

即使心中有種不好的預感，我現在還是只能拚命砍倒敵人，並且不斷前進。

我聽到從其他地方傳來的雷聲。

邦彥

看來戈頓先生也緊跟在我和麻香之後參戰了。

看到我們奮戰的模樣，其他冒險者或許也燃起鬥志了。

現在正是需要全力以赴的關鍵時刻。

我無論如何都要趕在敵方射出第二發暗黑槍之前，把那些人解決掉！

就在我下定決心的時候，從敵軍後方爆發出驚人的魔力。

然後，巨大的漆黑長槍出現了。

「邦彥！」

「我知道！」

別想得逞！

感謝你們特地加上那麼大的標記，告訴我該攻擊哪裡！

「看招——！」

魔劍放出的雷電筆直射向暗黑槍所在的位置。

往前飛射的雷電把擋住去路的魔族轟得灰飛煙滅，在暗黑槍的根源附近化為閃光消失無蹤。

暗黑槍也在同時像是溶入空氣般消失無蹤，沒能發射出去。

成功了！

雖然我揚起嘴角，但看來現在就確信會勝利還太早了。

我立刻收起笑容，板起臉孔。

儘管挨了我使出渾身解數的一擊，那傢伙卻若無其事地站在那裡。

「不會吧……」

我小聲說出的這句話語中包含著各式各樣的情感。

敵人能夠毫髮無傷地挺過我這一擊，令我感到驚訝。

那發暗黑槍不是靠著一群人聯手發動，而是單憑一人之力發動這件事，也令我感到畏懼。

而最重要的是，我認得那名男子。

沒錯，我不可能忘記那張臉。

那個人就是在我小時候，讓深信快樂的日子會永遠持續下去的我見識到這個世界的地獄的元凶。

我出生長大的部族就是被那名男子單槍匹馬消滅的。

「沒想到居然會讓我在這裡遇見你啊！梅拉佐菲！」

我片刻都不曾忘記的仇人就站在我眼前。

麻香

原來所謂的怪物真的存在。

我之所以會莫名感慨，肯定是為了逃避現實。

我和邦彥是天選之人。

說出這種話，別人可能會覺得我自我感覺過於良好，但比起這個世界的普通人，我們確實比較優秀。

根據邦彥的說法，人一旦轉生到異世界，好像通常都會得到外掛級的能力。

我原本還覺得邦彥說的只是虛構故事裡的劇情，對此感到不以為然，但我們擁有那種能力也是事實，所以我也沒辦法多說些什麼。

總覺得自己像是被逼著遵守這類創作中的設定，感覺不是很好。

可是，這種設定給了我們許多幫助也是事實，讓我的心情有些複雜。

我們以冒險者的身分逐漸變強，就像故事裡的成功事蹟那樣不斷賺得報酬與名聲。

就連身為冒險者的最高成就「Ｓ級」也已經確定得手。

只要升上Ｓ級，在某些國家，說不定還會比沒用的貴族更加受到重用。

只要我們願意在某個國家永久定居，就算對方願意給我們爵位也不奇怪。

這麼一來，我們就能一輩子高枕無憂了。

雖然對方應該也會仰仗我們身為冒險者的能力，但應該不太有機會跟雷龍或風龍之類的超強魔物戰鬥才對。

魔物也有分等級，而雷龍與風龍都是Ｓ級，據說再更上面還有人類無法對付的神話級。

不過，那種魔物出來作亂的機會並不多。

要是那種魔物經常作亂，這個世界的人族大概早就滅亡了吧。

所以，如果不勉強自己闖進那種魔物棲息的祕境，現在的我們應該不至於戰死。

我和邦彥已經強大到這樣的地步了。

經常有人說我做事很有計畫性，或是做人踏實。

還有人說我個性冷酷，要不然就是成熟穩重。

可是，我自己並不這麼認為。

真相是——我只是一個討厭麻煩事的懶惰鬼罷了。

不管是做事有計畫性還是做人踏實，都只是為了盡量避免不必要的麻煩。

至於個性冷酷與成熟穩重的部分，則是因為我覺得讓感情波動很麻煩，才會擺出不會得罪別人的態度。

麻香

所以，我不想從事冒險者這種既危險又不穩定的職業。

即使如此，我還是當上了冒險者，這都是為了要配合邦彥。

即使是討厭讓自己情緒激動的我，遇上轉生到異世界以及故鄉被人毀滅這種事，也還是會忍受不住。

而當時在身旁支持著我的人就是邦彥。

要是邦彥不在身邊，我肯定無法振作起來。

因為這份恩情，讓我決定跟邦彥在一起。

所以，就算我不想做，也還是為了邦彥當上了冒險者。

只要是為了邦彥，絕大多數事情我都有辦法忍受。

……連我都覺得自己太痴情了。

前世的我絕對想不到自己會變成這樣。

畢竟前世的我們不是情侶，只是普通的青梅竹馬。

雖然我當時就覺得自己將來可能會跟這傢伙結婚，卻沒想過自己會變得這麼喜歡他。

所以，我才會為了讓人放心不下的邦彥制定出萬無一失的計畫。

自從我們成為冒險者以後，為了避免陷入疏於基礎作業的困境，我拜託戈頓先生教了我許多事情。

像是管理必需品、查清楚委託內容或是選擇下一個目的地之類的技巧。

這一切全都是為了邦彥。

此外，我會參加這場戰爭，也是為了邦彥。

雖然這一方面也是因為B級以上的冒險者必須強制參加，但也不是沒有躲避徵召的方法。

要是真的覺得麻煩，也可以耍些手段讓自己不用參加。

之所以沒那麼做，是因為我們猜測某個男人應該會參加這場戰爭。

那個男人名叫梅拉佐菲。

那個魔族毀滅了我和邦彥出生長大的部族。

邦彥的目標是總有一天要擊敗梅拉佐菲。

就算他不說我也知道。

儘管邦彥已經成為十分強大的冒險者了，卻還是沒有疏於鍛鍊，這都是為了洗刷那一天受到的屈辱。

在部族毀滅的那一天，我們什麼都做不到，只不過因為敵人的同情而被放了一馬。

就算實際參戰，也不見得就能剛好遇到梅拉佐菲。

不過，有本事單槍匹馬消滅整支部族的那名男子，在魔族中肯定有著不小的地位。

既然如此，那他可能會在重大戰役中擔任指揮官。

反過來說，如果不是重大戰役，他可能就不會輕易出現。

因此，我們才會覺得在這個難得的機會上賭一把也不錯。

麻香

對於這個判斷，我現在感到非常後悔。

劍光從邦彥的臉旁邊閃過。

要是邦彥別過頭的速度再稍微慢一些，那把劍應該就刺穿邦彥的腦袋了吧。

想到這裡，我就捏了一把冷汗。

明明從剛才就一直活動到現在，身體也變得火燙，背脊上的寒意卻越來越強烈。

邦彥和梅拉佐菲展開激烈的交鋒。

每當梅拉佐菲揮劍，我都在擔心邦彥會不會被砍中。

我大口喘氣，身體變得燙熱。

然而，我卻感覺冷得快要凍僵。

我好怕。

即使是在對決雷龍和風龍的時候，我都不曾感到這麼害怕。

雖然我們當時也跟現在一樣拚命戰鬥，但有件事跟當時完全不同。

那就是對手的強韌意志。

雷龍和風龍都是野生的魔物。

雖然牠們會在求生本能的驅策下，為了不被殺掉而展現出抵抗的意志，但那只不過是動物理所當然的反應。

可是梅拉佐菲不一樣。

我絕對不能輸。

我一點都不打算死在敵人手上。

那種氣魄彷彿能讓人聽見這些無聲的吶喊。

寄宿在他的雙眼中，那種雷龍與風龍所缺乏的意志之力，讓我聯想到邦彥的死，害怕得不得了。

我並不清楚梅拉佐菲是什麼樣的人。

不過，就算只透過這場對決，我也搞懂了一件事。

那就是——梅拉佐菲很強。

他太強大了。

能力值自不待言，從他戰鬥的模樣，能看出他到底做過多少鍛鍊。

那種跟教科書一樣漂亮的劍法，告訴我他重複做過同樣的動作無數次。

我和邦彥也在戈頓先生的要求下做過揮劍練習。

這名男子練習揮劍的次數肯定遠遠超過我們。

多虧了邦彥口中的轉生外掛，我們的能力值才能比別人強大。

正因為如此，我們一直在煩惱自己的戰技跟不上能力值。

可是，梅拉佐菲正好相反。

他是那種能力值追著經過徹底磨練的戰技不斷提升的傢伙。

基本功跟我們根本不同等級。

我們也覺得，要是自己因為能力值強大就不思進取，遲早有一天會碰釘子，所以並沒有疏於基本功的鍛鍊。

我們在這方面被戈頓先生徹底鍛鍊過了。

可是，梅拉佐菲鍛鍊的資歷比我們久多了。

雖說魔族比人族長命，但到底要耗費多少年月的鍛鍊，才能達到那種境界，我實在無法想像。

雖然雷龍和風龍有著強大的能力值，還會使出各自屬性的吐息與魔法進行廣範圍攻擊，讓人難以對付，但梅拉佐菲的強大是另一種強大。

純粹就能力值來說，雷龍和風龍或許更強大，但就難纏的程度來說，梅拉佐菲壓倒性地勝過牠們。

事實上，我們就連一擊都沒辦法對梅拉佐菲造成有效的打擊。

我建構魔法。

因為我使出超越極限的力量，用最快的速度連續施展魔法，害得大腦一帶一直刺痛著。

我無視痛楚，發出魔法。

風彈襲向梅拉佐菲。

這種魔法連對雷龍都能造成傷害，卻被梅拉佐菲發出的黑暗魔法抵銷掉了。

就在魔法與魔法對撞的瞬間，邦彥瞄準梅拉佐菲的身體，使出一記橫砍。

但梅拉佐菲輕而易舉地用劍擋下。

我們從剛才就一直展開猛攻。

邦彥用刀和魔劍本身的雷霆之力發動攻擊，我則是用魔法進攻。

我們兩人聯手攻擊，卻都被梅拉佐菲精準地擋開。

他用劍擋住或是躲開邦彥的刀，並且用黑暗魔法抵銷掉雷電和我的風系魔法。

我明明是忍著頭痛連續發動魔法，梅拉佐菲卻一臉輕鬆地在應付我的攻勢。

而且同時還跟邦彥近身肉搏。

他一個人就能同時完成兩人份以上的事情。

外表明明就跟普通人一樣，在我眼中卻是個比龍還可怕的怪物。

我們跟雷龍和風龍的對決也是一場死鬥。

可是，我們當時的敗象並沒有這麼清晰。

因為那是場我們的攻擊都有確實對敵人造成傷害，只是在比誰先力竭的戰鬥。

而我們現在甚至無法對敵人造成傷害。

我大口喘氣。

為了配合一直快速移動的邦彥與梅拉佐菲，我也必須不斷改變自己的站位。

從剛才開始就一直在奔跑。

魔法也必須在發射出去後就接著建構下一發。

頭痛腳也痛。

好難受。

在這種全憑意志力戰鬥的情況下，體力隨時都有可能耗盡。

不管是我還是邦彥都一樣。

邦彥也已經氣喘如牛，汗如雨下。

相較之下，梅拉佐菲卻是一臉輕鬆。

看起來一點疲憊的樣子都沒有。

就算他只是在硬撐，也絕對比我們還有餘力。

不管是我還是邦彥，只要有其中一方耗盡體力，這種均勢就會馬上崩潰。

再說……

「唔！」

黑暗魔法從我的臉旁劃過。

那當然是梅拉佐菲放出的魔法。

而且他還朝邦彥揮下了劍。

「咕嗚！」

雖然邦彥用刀擋住了這一擊，卻在兩刃相接，比拚力量時落敗了。

我趕緊朝他們兩人之間放出風魔法。

幸虧梅拉佐菲沒有逞強，選擇後退，才沒有釀成大事。

我們明明是兩個人聯手猛攻，梅拉佐菲卻不是一味防守。

在確實抵擋我方攻擊的同時，他還能夠反擊。

只要一個不注意，就會瞬間被幹掉。

不知道我們會先累倒，還是先被幹掉。

面對受到這種猛攻也絲毫不顯招架不住之勢的梅拉佐菲，我完全想像不出我們戰勝的樣子。

只想像得到我們戰敗的樣子。

我該怎麼辦？

焦慮感湧上心頭。

我們目前還能勉強死撐。

可是，就算繼續打下去，也顯然只會戰敗。

話雖如此，若是放著這種怪物不管，人族就不會有勝算。

梅拉佐菲是以一擋百的強者。

只憑他一個人的力量，就足以蹂躪整支軍隊。

我在腦海中迅速計算。

……人族的命運與我和邦彥的生命孰輕孰重，根本不需要衡量。

老實說，我對人族的命運這種事沒什麼興趣。

如果問我不惜在這種地方賭上性命阻擋梅拉佐菲有沒有意義，我的答案是沒有。

既然如此，逃跑才是正確的選擇。

問題在於，梅拉佐菲會輕易放過我們嗎？

老實說，我覺得很難。

如果不能製造出相當大的破綻，我們就會在轉身的瞬間被幹掉。

可是，到底該怎麼讓梅拉佐菲露出破綻呢？

更何況，我們連在正常對戰的情況下，都沒辦法擊中他一次了，又該怎麼讓他露出破綻？

不可能。

不管我怎麼思考，戰力都不夠。

因為我們已經使盡全力了。

如果我們這邊能再增加一點戰力的話……

就在這時，梅拉佐菲的上半身突然大幅後仰。

下一瞬間，一道光線通過梅拉佐菲的上半身剛才所在的地方。

剛才那道光是什麼？

魔法？

我斜眼看向魔法飛過來的方向。

在視野範圍之內找不到疑似發出了魔法的傢伙。

魔法是從要塞那邊飛過來的，難不成是從要塞發射的嗎？

要塞離這裡有一段距離。

如果那人是從要塞進行狙擊，那他肯定是個相當厲害的魔法師。

而且狙擊並非只有一次，之後也沒有中斷。

只針對一直迅速移動的梅拉佐菲狙擊。

那人居然可以從那種超級遠的距離，只瞄準跟邦彥互砍的梅拉佐菲進行狙擊，實在是太厲害了。

我無論如何都學不來。

我方欠缺的戰力補上了。

可是！

不管是邦彥的斬擊、我的風魔法，還是那些狙擊魔法，全都被梅拉佐菲擋下了。

好強……

他實在太強了！

因為多了狙擊魔法的攻勢，來自梅拉佐菲的反擊變少了。

我們也才能更進一步展開攻勢。

然而，我們還是無法擊垮他。

我很肯定，一旦放慢攻勢，我方的陣線就會一口氣瓦解。

我有種彷彿在薄冰上跳舞的感覺。

戰力確實補上了。

可是，這樣還是不夠。

「嗚！」

就在這時，風系魔法直接擊中梅拉佐菲的背部。

那不是我發出的魔法。

而是其他人……是那個身穿長袍的小孩嗎？

那孩子用風系魔法從背後擊中梅拉佐菲了。

她繼續施展風系魔法。

看來她似乎是我們的同伴。

既然如此，那不管她是小孩還是什麼都無所謂。

而且她雖然看起來年紀還小，使出的風系魔法卻有著十足的威力與速度。

雖然就算直接擊中，看起來也沒對梅拉佐菲造成太大的傷害，但有直接擊中他才是重點。

因為從剛才到現在，我方的攻擊全都無法碰到他。

原來就算是梅拉佐菲，也有來不及閃躲的時候。

四個人一起對付他，才總算有資格跟他一較高下。

雖然早在就算擊中也無法造成太大傷害的時候，就說明我方依然敗象顯著，但戰況還是變得比剛才好了。

就是現在。

我做出這樣的判斷，暫時中斷一直不斷連續發射的魔法。

為了施展大招而集中精神。

察覺到這件事後，梅拉佐菲試圖朝我施展魔法。

「哼！」

而邦彥往前踏了一步，揮劍阻止他。

梅拉佐菲用劍擋下這一擊。

在此同時，魔法狙擊跟那個孩子的風魔法也襲向梅拉佐菲。

「……」

梅拉佐菲在一瞬間板起臉孔。

如果他把向我放出的魔法用來迎擊，就能抵銷掉狙擊和風魔法。

他之前都是這麼做的，所以不可能辦不到。

可是，梅拉佐菲並沒有那麼做。

他故意用身體接下狙擊和風魔法，沒把黑暗魔法用來迎擊，而是用來攻擊我。

「！」

狙擊直接擊中梅拉佐菲胸口，風魔法也重擊他的後腦勺。

然後，黑暗槍貫穿了我的腹部。

可是！

我的魔法也建構完畢了！

我強忍著疼痛發動魔法。

嵐天魔法——龍風！

魔法引發的龍捲風吞沒了梅拉佐菲。

「嗚！」

即使強如梅拉佐菲，也無法避開原本屬於廣範圍殲滅魔法的龍風。

此外，龍風是照理來說無法獨自發動的極大魔法。

這可是超越大魔法的魔法，其威力甚至足以屠龍。

因為我們當時就是用這招解決掉雷龍的。

即使是梅拉佐菲，一旦挨了這一擊……

「喝！」

他大喝一聲。

麻香

劍光一閃。

光是這樣，我使出混身解數的魔法就煙消雲散了。

不會……吧……

雖然不至於毫髮無傷，但梅拉佐菲依然直挺挺地站著。

在被龍風擊中以前，他的胸口受到狙擊，後腦杓也遭到重擊，看起來卻絲毫沒有受到傷害。

能力值到底要高到什麼地步，才會這麼耐打啊……

我無計可施了。

「啊啊啊啊啊！」

正當我這麼想時，邦彥揮刀砍向梅拉佐菲。

梅拉佐菲立刻做出反應。

可是，魔法狙擊擊中他的手，風魔法也阻礙了他的動作。

然後，邦彥使出渾身解數的一擊，往梅拉佐菲的肩膀砍了下去。

「嗚！」

可是，原本應該往斜下方砍下去的刀，砍進梅拉佐菲的肩膀後就停住不動。

那是單純靠著強大能力值所帶來的防禦力。

而這一擊無法突破這樣的防禦力。

梅拉佐菲揮出劍，把邦彥擊飛出去。

接著他用手按住了肩膀。

「撤退！」

然後，他大聲這麼呼喊，轉身背對我們跑走了。

撤退的時機掌握得真好。

甚至能讓人感受到他的從容不迫。

邦彥茫然地目送他的背影離去。

然後，他猛然回過神來，往我這邊衝了過來。

「麻香！」

「放心，我沒事。」

「怎麼可能沒事！」

我現在正仰躺在地上。

梅拉佐菲的黑暗魔法直接命中我的腹部。

我猜肚子上八成被打穿了一個大洞。

邦彥慌張地拿出治療藥，幫我撒在傷口上面。

傷口隱隱作痛。

「別死！妳別死啊！」

「你放心，我八成死不了。」

我不是在逞強，而是真心覺得自己大概死不了。

能力值這種東西還真是偉大。

照理來說，如果肚子像這樣被打穿一個大洞，早就出人命了。

可是，拜ＨＰ自動恢復這個技能，以及我從剛才便一直對自己施展的治療魔法所賜，讓我覺得自己不會死。

「我們又被他放過一馬了。」

「是啊。」

也許是明白我的傷勢真的不至於會死，邦彥一邊繼續替我治療，一邊小聲呢喃。

要是繼續戰鬥下去的話，我們一定會輸。

雖然我們成功讓梅拉佐菲受傷了，但也就只有這樣。

我們真的拚盡了全力。

做到這種地步，才總算讓他受了點傷。

即使我們懷著玉石俱焚的決心去挑戰他，恐怕也贏不了吧。

「這樣不行，我得變得更強才行。」

你不需要變得那麼強大。

其實我很想這麼告訴他。

這麼危險的事情，我不想再做第二次了。

天曉得他下次還會不會像這次這樣放過我們。
畢竟有一句俗話說「事不過三」。
這已經是梅拉佐菲第二次放過我們了。
那名男子毀掉我們出生長大的故鄉時，一時興起放過了我們。
今天也是一樣。
雖然我不曉得他今天為何要放過我們就是了。
「你們沒事吧！」
正當我忙著思考時，那個身穿長袍的小孩衝了過來。
都是因為有這孩子助我們一臂之力，我們才能得救。
我得向她道謝才行。
「謝謝，幸好有妳出手幫忙。」
「現在不是道謝的時候！得先療傷才行！」
「不用，我已經可以站起來了。」
傷口已經大致復原了。
雖然傷口還會痛，不能算是痊癒，所以還不能太過勉強，但似乎可以站起來走路了。
畢竟這裡可是戰場，不能慢慢休息。
想到這裡，我挺起上半身。

麻香

也許是被我傷勢復原的速度嚇到，我看到小女孩睜大雙眼的訝異表情。

雖然她用兜帽遮住臉孔，我在戰鬥時看不清楚，但她其實是個相當漂亮的女生。

在此同時，她身上的某個特徵也讓我發現這個小女孩如此善戰的原因。

「啊，原來妳是妖精。」

從小女孩耳朵的特徵，我看出她是個妖精。

據說妖精比魔族還要長壽，而且擅長使用魔法。

相對的，妖精的成長速度也比較慢，所以這孩子的外表與實際年齡可能也不一致。

除了這孩子之外，還有另一個人。

我看向要塞那邊。

雖然不曉得對方的名字與長相，但那位魔法師一直都在狙擊梅拉佐菲，藉此掩護我們。

如果沒有他們兩人出手幫忙，我們甚至無法跟梅拉佐菲一較高下。

雖然體內湧出強烈的疲勞感，但我不能在這裡浪費時間。

我壓抑住想要就這樣睡著的衝動。

邦彥向我伸出手，我拉著他的手站起來。

「戰況呢？」

「看來敵人好像撤退了。」

我環視周圍，勉強找到了正背對著我們撤退的魔族軍。

以及似乎正在跟他們戰鬥的一群冒險者。

戈頓先生也在裡面。

或許梅拉佐菲是因為那邊的戰況不太樂觀，才會決定撤退。

如果是這樣的話，那我得感謝戈頓先生他們才行。

「總之，我們回去吧。」

「也對。」

我們已經累到極點，沒辦法繼續戰鬥下去了。

要是胡亂追擊，這次肯定會死在梅拉佐菲手下。

現在還是乖乖撤退比較好。

「妳也一起走吧。」

「好的。」

我向妖精女孩這麼說後，她脫下兜帽點了點頭。

「在那之前，我先自我介紹一下吧。田川同學、櫛谷同學。」

雖然聽到了自己的名字，但我因為疲勞而使得腦袋遲鈍，一時之間沒能發現異狀。

不過，我很快就感到不對勁。

我和邦彥從來不曾在這個世界把自己的姓告訴別人。

為什麼這女孩知道我們的姓？

麻香

「我的名字是菲莉梅絲・帕菲納斯。可是，我應該這麼告訴你們比較好吧。我前世的名字是岡崎香奈美。」

我和邦彥都驚訝得瞪大了眼睛。

因為那是我們前世的班導的名字。

歐蕾露

大家好。

我是人見人愛的歐蕾露，今年××歲！

年齡是祕～密。

別看我這樣，我可是貴族之後喔。

雖然是貧窮貴族就是了……

不過，以貴族子女來說，到了我這個年紀還未婚，已經快要算是剩女了。

在我原本的人生規畫中，我在這個年紀應該早就結婚，也至少有一個孩子了，事情到底為什麼會變成現在這樣？

我是帝國鄉下貧窮貴族的次女。

住在鄉下，家境貧困，而且還是次女。

在這種情況下，「貴族」兩個字根本有名無實。

如果我是長女的話，還有希望找個交情好的貴族嫁過去，但如果身為次女，恐怕連這種事情都很難辦到。

更何況，跟我家這種貧窮貴族打好關係也沒什麼好處，根本不會有人上門談親。

順帶一提，我姊姊順利嫁到隔壁領地了。

而我家領地將會由哥哥繼承，我非得嫁到其他地方不可。

可是，因為家境貧困，想找個好人家嫁了並非易事。

因為家裡真的沒錢……

所以，為了賺錢並且抓住締結良緣的機會，我才會出來工作。

貴族的次女或三女到爵位更高的貴族家裡工作，並不是什麼罕見的事情。

因為這樣可以賺到薪水，順利的話還有機會被人看上。

視工作表現而定，也有機會就這樣一直侍奉那名貴族。

只不過，因為我來自鄉下，說話的口音比較特別，所以幾乎每次面試都被刷掉。

我實在不習慣那種畢恭畢敬的說話方式，每次都很快就會露出馬腳。

然後，就在我面臨每次面試都失敗的危機時，羅南特大人奇蹟似的錄取我了。

羅南特大人是帝國的首席宮廷魔法師。

可說是超級菁英中的菁英。

不，他根本就是活生生的傳說。

那種高高在上的人居然會僱用我這種鄉下小姑娘，這其中該不會有什麼陰謀吧？

我不禁如此懷疑。

結果還真的有……

那個臭老頭的個性太過古怪，正常人肯定用不了三天就會遞辭呈。

如果要用一個詞來形容那個老頭子，那就是變態、魔法狂、老頑固、沒天良……族繁不及備載。

哎呀，一個詞好像不夠用呢。

總之，他不是個正常人。

可是，要是錯失這次機會就找不到工作也是事實。

於是我只好噙著淚水替他賣命。

仔細想想，我的人生就是從這裡開始出了差錯。

先一邊工作一邊存錢，然後找個生活不算窮困的人嫁了，就算對方是平民也無所謂。

這是我當初的計畫。

畢竟我說話的口音就是這樣。

打從一開始，我就放棄當貴族的妻子了。

因為我本來就是幾乎跟平民沒兩樣的貧窮貴族，對於放棄貴族身分這件事，我並不感到抗拒。

如果變成平民能過著還算可以的生活，我就很滿足了。

我明明是這麼想的，卻漸漸錯過適婚期，至今還是單身。

我可以退個一百步，不去計較還沒結婚這件事。

可是，為什麼我非得在戰場上指揮作戰不可？

「唉……真教人幹不下去。」

我有氣無力地抱怨了一句。

我到底是走錯了哪一步，才會從鄉下貧窮貴族的次女，變成次席宮廷魔法師？

連我自己都覺得不可思議。

這一切都錯在老爺子說我有魔法方面的天分，硬逼我當他的徒弟。

這件事的起因是——老爺子收為徒弟的勇者尤利烏斯大人，因為老爺子的訓練方式太過嚴苛而差點死掉。

我覺得那絕對不是訓練，應該是刑求才對。

在情急之下對真的快死掉的尤利烏斯大人使出治療魔法後，我就開始倒楣了。

因為看到那一幕以後，老爺子居然誤以為我有魔法方面的天分……

我會使用治療魔法，都是因為以前搭馬車旅行結果屁股痛的時候，老爺子用治療魔法幫我治好，讓我覺得治療魔法很方便，打定主意要學起來，才會偷偷練習。

雖然其實沒必要偷偷練習，但考慮到之後的發展，我覺得還是隱瞞這件事比較好，而我明白年幼的自己做了正確的決定。

在那之後，我就被打進地獄了。

名為訓練的刑求在等待著我。

雖然我有好幾次都從老爺子身邊逃走，但他是空間魔法的高手。

不管我想逃到哪裡，他都會用轉移追過來，就算想逃也逃不掉！

既然如此，那我只能用轉移逃跑了！

於是我學會空間魔法，結果反而死得更慘。

我在不知不覺間被國家延攬，得到次席宮廷魔法師這個位子，甚至連爵位都得到了。

我明明打算當個平民，結果反而出人頭地得到爵位……

畢竟空間魔法非常罕見……

不過，我都得到爵位了，或許會有人向我求婚也說不定！

雖然我懷著這樣的期待，卻因為工作實在太忙，根本沒空找對象。

宮廷魔法師的工作超級多！

而且說什麼為了要培育後進，只要有空就得指導其他宮廷魔法師或見習生！

這一天沒工作耶！

每次當我為此歡欣鼓舞的隔天，那一天就不知為何排滿了工作，簡直毫無天理可言。

根本沒空找人結婚。

而最過分的事情莫過於現在這個狀況。

為什麼我這個青春少女非得在戰場上擔任指揮官不可？

歐蕾露

「唉……好想為了結婚離職啊……」

我現在正忙著指示眾人修理壞掉的要塞牆壁。

幸好損害還算輕微，只要差遣我帶過來的宮廷魔法師，就算不能完全復原，也能重新打造出相當堅固的牆壁。

「大姊頭，別抱怨了，快來幫忙啦。」

正在修理牆壁的宮廷魔法師同事向我抱怨。

「人家剛才拚得要死，就算稍微休息一下也不為過吧～」

沒錯。

我剛才真的是在拚命。

不，如果當時走錯一步，我早就死了。

因為我把魔力壓榨到精神上的極限，不斷使出超長距離精密狙擊。

那到底是什麼怪物？

我可沒聽說過魔族軍裡有那種傢伙。

那個摧毀這座要塞的牆壁的犯人，似乎是個名叫梅拉佐菲的魔族。那傢伙的魔法實力該不會比我師父還厲害吧？

雖然我師父羅南特大人也擁有超人般的實力，但如果問我他能不能從超遠距離用魔法摧毀要塞……

讓人覺得他可能辦得到，正是我師父的厲害之處。

「你覺得師父能辦到同樣的事嗎？」

「這麼離譜的事情，就算是師父也……我還真不敢斷言他做不到……」

我試著詢問同事，他果然也是這麼想的。

「不過，雖然師父也很離譜，但比起那個名叫梅拉佐菲的傢伙，應該還算是常識範圍內的生物吧。」

「大姊頭，妳這種說法，就好像在說師父不是人一樣。」

「我覺得師父實際上已經半放棄當個人類了。」

「的確……」

從他聽到這句話還能點頭這點，就能看出身旁的人都是怎麼看待師父的。

總之，這次的敵人就是這麼誇張，誇張到能讓師父相較之下顯得正常。

老實說，要是沒有那兩位年輕冒險者擋住他，這座要塞說不定已經被攻陷了。

那傢伙就是這麼可怕。

師父經常這麼告誡我們：

『不管有多少蝦兵蟹將前去挑戰，都敵不過真正的強者。』

見識過師父的本事後，我完全同意這句話。

別說是十個人了，就算是百人，甚至是千人前去挑戰，應該都會被那位老爺子擊敗。

歐蕾露

正因為認識那位老爺子，我才能在某種程度上接受梅拉佐菲有著誇張實力的事實，但能不能接受與那種強者為敵可就另當別論了。

我原本還在替負責攻打老爺子鎮守的要塞的魔族軍隊感到哀傷，卻遇上了比他更強悍的魔族。

難不成這是我做了什麼壞事的報應嗎？

我唯一能想到的原因，頂多就只有在老爺子的飯菜裡下毒而已。

『太淡了！如果想要殺掉我，就把比這個濃上十倍的毒拿來！』

說完，他就把飯菜全部吃光了……

那個老爺子真的是人類嗎？

我當時還半認真地懷疑他會不會其實是化身成人類的高階魔物。

畢竟我的人生會步上歧途，都是因為被這位魔物老爺子看上……

「在我原本的人生規畫中，我現在應該要跟出色的丈夫每天曬恩愛才對……」

「大姊頭，妳還在說那種話啊？」

因為我經常把「想結婚」和「想退休」這種話掛在嘴邊，同事每次都會傻眼地這麼吐槽。

「如果妳想結婚，只要把那對胸部貼在想嫁的人身上，應該就搞定了吧？」

「你知道世人把那種行為叫做什麼嗎？那可是性騷擾喔。」

我也覺得自己的胸部很大。

雖然這是我少數可以感到自豪的優點，但同時也是煩惱的根源。
像是男人沒禮貌的目光，或是容易因為太重而肩膀痠痛之類的。
即使是那個品行端正的尤利烏斯大人，每次見面時也都會忍不住偷看。
「找不到能讓我想要結婚的男人才是最大的問題。」
「我覺得是大姊頭的標準太高了。」
「嗚……」
關於這點我也稍有自覺，所以無法反駁。
這一切都是因為我認識尤利烏斯大人這位太過完美的朋友。
長得帥！家世好！個性好！能力優秀！
雖然我知道不能用他當作標準，但只要身旁有個這樣的朋友，就無論如何都會拿他來跟別人比較。
說到他唯一的缺點，頂多就是當勇者的老婆這件事，不管怎麼想都會遇上很多麻煩吧。
相較之下……
我身旁的男人們，是以老爺子為首，名為宮廷魔法師的變態集團。
我看向同事的臉，大大地嘆了口氣。
「大姊頭，妳這樣很沒禮貌吧？」
「對你這種叫年紀比自己小的女生大姊頭的傢伙，我這樣已經算很客氣了。」

沒錯，其實不光是眼前這名男子，我的宮廷魔法師同事全都比我年長！

然而，他們卻統統都叫我「大姊頭」。

而且那不是在挖苦我，而是發自內心的敬稱。

在我們宮廷魔法師之中，魔法的實力有多強，就能得到多少的尊敬。

身為次席的我位列首席的老爺子之後，是所有人第二尊敬的人。

雖然可能會有人覺得，被一群年長的男性吹捧，是一件值得羨慕的事情，但其實就只是被一群話題離不開魔法的魔法信徒追著跑罷了。

以結婚的對象來說，他們實在有點……

此外，我每天的行程大致都是跟這群宮廷魔法師一起度過。

很難有機會認識新的對象，就算有覺得還不錯的人，也沒機會跟對方見面。

更何況，這種人通常都已經有未婚妻了。

優良物件總是很快就被預訂。

好對象就是像這樣越來越少，身旁越來越少年齡相仿的男生，我又變得更難嫁出去。

……我或許差不多該認真擔心一下了。

「真是的！難道年紀跟我差不多的超優秀男生都死光了嗎！」

「嗯……我想到一個了。」

「咦！」

我忍不住叫了出來。難道說救命的蜘蛛絲在意想不到的時候降臨了嗎？

「就是勇者大人啊。」

「啊～」

我完全同意。

可是，尤利烏斯大人不行。

「尤利烏斯大人離我太遙遠了。」

「會嗎？妳跟勇者大人感情那麼好，我覺得應該有機會才對。」

「不可能。我配不上尤利烏斯大人。」

「大姊頭，妳為什麼那麼看不起自己？」

事實上，身為王子兼勇者的尤利烏斯大人，跟身為鄉下貧窮貴族次女的我，本來就完全配不上。

再說——

「就算沒有那些理由，我跟尤利烏斯大人也不是那種關係。」

雖然我很清楚尤利烏斯大人是非常厲害的人物，但就是因為這樣，我才沒有對他抱持超過友情的感情。

「尤利烏斯大人就像是一道光，一道會吸引別人的光。人們會被尤利烏斯大人吸引，很自然地選擇跟隨他。他就是勇者，就是英雄。」

他就像是一道溫暖的陽光。這是聖女亞娜小姐對他的比喻。

可是，我並不這麼想。

尤利烏斯大人的光芒還要更為激烈。

那道光就像是在黑暗中熊熊燃燒的火焰。

即使明知靠近就會被烈火焚燒，人們還是會跟飛蛾一樣主動撲過去。

然後成為殉教者。

為了尤利烏斯大人信奉的正義。

我不會說這是壞事。

因為尤利烏斯大人就是這麼充滿吸引別人的魅力，就是有著這麼容易打動別人的真性情。

「不過，對崇尚平凡的我來說，那道光有些太過強烈了。」

雖然尤利烏斯大人有著高潔的人品，但是要站在旁邊跟隨他的腳步，可是一件超級累人的事情。

我覺得尤利烏斯大人也應該活得更輕鬆一點才對呢～

不過，因為他從小就是個超級認真的傢伙，事到如今應該也沒辦法改變生存之道了吧。

「因為這個緣故，我覺得還是跟他當個稍微有點距離的朋友就好。」

「原來如此。」

「希望他別在這場戰爭太亂來。」

不過，我想就算叫他別亂來，他也還是會亂來。

「該怎麼說呢……與其說是朋友，我覺得妳更像是一個擔心弟弟的姊姊。」

「或許是這樣吧。」

「妳果然是大姊頭呢。」

「嗚！」

我一時之間找不到可以反駁的話，就默默地推了同事的背，示意他趕快把牆壁修好。

因為比起擔心找不到結婚的對象，我現在更該擔心梅拉佐菲會不會再次打過來。

雖然我軍靠著那三名冒險者還有從這裡狙擊的我，勉強將他擊退了，但沒人知道下次會不會也這麼順利。

畢竟那傢伙就算挨了我的狙擊，也還是活得好好的。

我明明已經射穿他的心臟了……

雖然我不認為那種怪物還會有很多個，但看來這場戰爭會比想像中更難打。

我明明聽說魔族已經衰退到出現了難民的地步，但根本就不是這樣。

雖然我不認為師父跟尤利烏斯大人會輕易倒下，但還是想提醒他們千萬別掉以輕心。

啊，現在可不是擔心別人的時候。

我還是重新打起精神吧。

歐蕾露

梅拉佐菲

為了保護大小姐，我必須變強。

自從這麼下定決心後，不曉得度過了多少歲月。

當我回過神時，自己已經當上魔族軍第四軍的軍團長了。

我是魔王大人的熟人這件事應該也是一大原因吧。

然而，儘管我是走後門才當上軍團長，第四軍的部下們卻願意跟隨我。

在他們眼中，我是個被魔王大人帶來，突然就坐上軍團長寶座的神祕男子。

這種認知並沒有錯，我甚至連魔族都不是。

我是個吸血鬼。

隱瞞這個事實，偽裝成魔族度日的我，毫無疑問是個來路不明的傢伙。

儘管如此，部下們卻依然願意把我當成軍團長看待，我心中對他們只有感謝。

我姑且算是一步步爬到今天的地位的。

第四軍原本是巴魯多大人率領的軍團。

只不過，由於巴魯多大人忙於政事，所以實際上的指揮官是他的弟弟布羅大人。

而我就是在那位布羅大人底下，以一個士兵的身分加入第四軍，然後一帆風順地往上爬。

當布羅大人改任其他軍團的軍團長時，有階級的軍士官們也都晉升了，而我也在其中。

之後，每當有事情發生，我的階級就會提升。當巴魯多大人為了專心處理內政，正式卸下軍團長職務時，身為魔王的愛麗兒大人便直接指名我擔任軍團長。

大家都知道我是隨著愛麗兒大人來到魔族領地的傢伙。

因為這個緣故，我原本以為把光榮的軍團長寶座交給像我這樣的新人，應該會引起不小的反彈。

可是，我明明是這麼推測的，其他軍團長和第四軍的屬下卻都沒有反彈。

我覺得這很不可思議，但愛麗兒大人卻對我露出苦笑。

「梅拉佐菲，你還真是把自己看得太低了呢。」

她先是這麼說。

「根本沒有比你更適合擔任軍團長的人選。」

接著又這麼說。

愛麗兒大人說我把自己看得太低了。

可是，如果讓我來說的話，她才是把我看得太高了。

我本來只不過是一介隨從。

即使變成名為吸血鬼的特殊種族，與生俱來的特質也不會改變。

原本是個凡人的我，只不過是因為變成名為吸血鬼的特殊種族，才稍微得到了些力量罷了。

而且那還是身為吸血鬼真祖的大小姐所賜予的力量，不是我自己的。

這並不代表我自身的優秀。

聽到我這麼說，愛麗兒大人露出傻眼的表情。

「過度的謙虛，聽起來反倒令人不舒服喔。」

還對我說出這樣的忠告。

……其實我很清楚。

我的能力配得上軍團長這個位子。

這只不過是旁人對我做出的正當評價。

可是，我就是不想坦率地承認這件事。

照理來說，得到別人的認同應該是件令人開心的事，不會有人不想承認。

但我有著這麼做比較好，而且不得不這麼做的理由。

因為我怕自己會得意忘形。

在我過去的人生中，發生了許多不如意的事。

這也是理所當然的。

凡事都一帆風順的人並不多。

我也不例外，正因為我是個凡人，所以經常碰壁。

我人生中第一次碰壁是在失戀的時候。
對方是我當時服侍的女性，也就是大小姐已故的母親。
身為隨從的我愛上了她，同時也失戀了。
她有個相戀的未婚夫，而那人就是大小姐的父親。
因為身分差距，更重要的是——他們之間沒有我能介入的空間，讓我的初戀就此落幕。
然後，我遇上的下一堵高牆就是他們兩人的死。
我的戀情沒能實現。
既然如此，那我希望至少要讓心愛的女性得到幸福。
懷著這樣的想法，我一直在旁邊支持著她，以及身為她丈夫的老爺。
然而，他們兩人卻被不講理的暴力奪去了生命。
我至今依然無比憎恨把他們逼入絕境的神言教，以及直接痛下殺手的波狄瑪斯。
但我沒有力量。
沒有能夠拯救他們的力量。
我無法跨越的高牆就是這兩道，除此之外，也還有無數的矮牆。
我經常因為缺乏才能而遇到挫折，進而感嘆自己的不才。
我的人生就是一直不斷撞上無法跨越的高牆。
因此，我不習慣別人給我這麼好的評價。

雖然老爺很看重我，但也沒到聲名遠播的地步。

我不曾擔任軍團長這種立於眾人之上，並且身負重責大任的職務，也不曾得到實力配得上這種地位的評價。

我害怕得到這種評價會讓我志得意滿，最後選擇安於現狀。

做到這種程度就夠了不是嗎？

我不是已經很努力了嗎？

我害怕自己會有這種想法。

我的實力明明還不夠強大。

我已經決定把這條命獻給大小姐了。

為此，我必須擁有足以從敵人手中保護大小姐的力量。

可是，大小姐的敵人十分強大，像我這種微不足道的傢伙，連肉盾都當不了。

妖精族族長波狄瑪斯。

逼死老爺和夫人的神言教。

不管是哪一邊，都不是憑我個人的力量對付得了的強敵。

即使如此，我也必須盡量提升實力，讓自己有能力對抗他們。

我再也不想體會失去老爺與夫人時的那種無力感了。

可是，我覺得自己快要撐不下去了。

我是個凡人。

不管怎麼掙扎，都得不到自己追求的強大。

因為身旁有許多超人，讓我對連他們萬分之一的實力都沒有的自己感到羞愧。

而最讓我受到打擊的，則是我應該保護的大小姐已經遠遠強過我了。

大小姐成長了。

還在故鄉沙利艾拉國的時候，她還只是個嬰兒，當我們踏上前往魔族領地的旅途時也還很小，即使是在我們抵達魔族領地以後，我也覺得她還是個孩子。

可是，現在的大小姐已經成長為神似夫人的美麗女性了。

我想起當自己還是人類的時候，有位老人曾經說過「小孩子的成長速度很快」這句話。

我原本以為還是個孩子的大小姐，轉眼間就踏上通往大人的階梯了。

此外，不光是外表，就連能力也是一樣。

大小姐的實力已經到達我完全無法抗衡的境界。

自己遠比應該保護的對象還要弱。

這個事實讓我的心備感壓力。

同時也讓見識到無論如何努力都無法企及的境界的我，有種想要停下腳步的衝動。

沒用。

我真是太沒用了。

就算無法企及……不，正因為明知無法企及，所以我才更不能停下腳步。

一旦我停下腳步，差距就會變得越來越大。

因為即使我已經全力奔跑，差距也還是不斷加大。

正因為如此，我才不能就這樣接受別人的評價與讚揚，導致自己前進的腳步變慢。

我不能滿足於現狀。

我不能放棄追逐。

即使明知身為凡人的我無論如何努力都追不上，我也不能停下腳步。

沒用的我無論何時都得繃緊神經才行。

而我的判斷果然是正確的。

「看來我還太嫩了。」

率領部隊撤退後，我在營地警惕自己。

我輸了。

傷勢早就復原了。

那本來就只是輕傷。

要是繼續打下去，我應該能夠取勝吧。

可是，是我自己決定要撤退的。

捨棄勝利，選擇戰敗的人就是我自己。

因為當時是吸血鬼害怕的太陽出現的白天。

因為對手是包含轉生者在內的好幾個人。

因為其他冒險者的實力比預期的還要強，讓我軍居於下風。

藉口要多少就有多少。

可是，這些藉口都無法掩蓋我戰敗的事實。

我當時的對手，是從過去被我親手毀滅的部族中倖存下來的轉生者。

那兩位轉生者都變強了。

雖然遠遠比不上同為轉生者的大小姐與拉斯，但這恐怕只是因為他們兩個太過強大，我今天對付的少年和少女已經算得上強者了。

我無法突破他們的防守。

我不會找藉口，說因為對方是轉生者，讓我不得不手下留情，免得不小心殺掉他們。

我拚盡全力戰鬥，卻沒能突破他們的防守。

不管是能力值還是技能，我應該都比他們強上一截才對。

即使如此，我們還是打得難分難捨。

那名少年的劍法十分犀利。

衝過來的步法又快又刁鑽。

梅拉佐菲

連攻防過程中的眨眼與呼吸都有計算進去。

使用魔劍能力的時機也掌握得剛剛好，不會出現任何破綻。

那名少女跟少年很有默契。

她一直在絕對不會妨礙少年行動的情況下，毫不間斷地對我施放魔法。

流暢無阻的魔法建構方式。

威力也無可挑剔。

他們的天分真是令人羨慕。

我是個沒天分的傢伙。

一旦揮劍，身體軸心就會偏移。一旦建構魔法，就會免不了停頓。

為了矯正這些缺點，我無數次地反覆練習。

我只能一心一意地不斷揮劍，慢慢讓劍越揮越準確。

我只能拚命地不斷建構魔法，慢慢讓過程越來越流暢。

我只能拚命反覆做同樣的事情。

即使我耗費許多時間，把劍術與魔法都練得有模有樣，那也都是因為練習過了才能辦到。

如果不能在實戰中拿出練習的成果，那就沒有意義了。

實戰跟練習揮劍的時候不一樣，不會站在原地揮劍。

如果在實戰中站著不動，建構魔法，就只會變成別人的靶子。

於是，我開始在持續移動的情況下反覆練習。

並且重新體認到自己有多麼沒天分。

偏移。停頓。

我不斷改掉這些缺點。

每前進一步，就再從頭開始練習。

有時候也會倒退，只能再次從頭開始練習。

有天分的人可以憑感覺立刻改掉這些缺點。

可是，那種事情我學不來。

我只能用最笨的方法不斷累積經驗，讓身體記住那種感覺。

但是，就連要讓身體記住那種感覺，對我來說都相當困難。

我成功揮出了完美的一劍。

可是，就算我想要重現那一劍，有時候也會失敗。

前一天能辦到的事情，有時候隔天就變得辦不到了。

在我反覆嘗試的過程中，有時候甚至連想要發動魔法都會失敗。

那些經驗不見得會成為幫助我前進的食糧。

白大人和大小姐都無法體會我這種沒天分的人的苦惱。

正因為她們總是不斷前進，才無法理解那些不得不跌倒，會止步不前、會後退的凡人。

為什麼你連那種事情都辦不到？

她們不明白這句話有多麼殘酷。

雖然我好不容易才練就同時施展一定水準的劍術與魔法的本事，但還是沒辦法在緊要關頭做出最好的判斷。

一旦遇到意料之外的狀況，我的判斷就無論如何都會慢上半拍。

如果是大小姐與白大人的話，應該就能在情急之下做出判斷吧。

這種小地方會如實展現出一個人有沒有天分的差別。

我之所以能在這一戰中占有優勢，純粹是因為能力值與技能強過了對方。

正因為我是個沒天分的人，才能透過實際對決看出一個人有沒有天分。

不管是那位少年還是那位少女，都比我還要有天分。

儘管實力遜於我，也還是能跟我打得難分軒輊，這就是最好的證據。

真令人畏懼。

雖然我今天只受了點傷，但要是再過個幾年或十幾年，就不曉得會變成怎樣了。

天分的差距等於成長速度的差距。

付出同樣的努力，有天分的人會進步更多。

我只能靠著持續付出更多努力來填補差距，但時間待任何人都是平等的。

一個人能夠用在鍛鍊上的時間也有限，不管有沒有天分，在這件事上都是公平的。

而這也是件不公平的事情。
因為相較必須付出更多努力的庸才，天才也被賦予了一樣多的時間。
我知道就算央求自己沒有的東西也無濟於事。
可是，我還是忍不住會這麼想。
如果我有天分的話……
總覺得有些沮喪。
這就表示這次戰敗對我的打擊就是這麼大。
為了讓心情恢復平靜，我用鑑定確認自己的能力值。
然後，我在技能表中看到「忍耐」這兩個字。
忍耐——
據說這是白大人以前持有的技能。
也是名為支配者技能的特殊技能之一。
我不曉得我這種人為何會得到這個技能。
不過，我也覺得這個技能很適合我。
我這個人只會忍耐。
這是沒有天分的我唯一能做到的事情。
不斷忍耐，不斷前進。

我只能像這樣愚蠢地往前邁進。

只要看著這個技能，我就會有種自己還能繼續忍耐、繼續前進的感覺。

就算明知自己追不上不斷奔向前方的大小姐她們。

就算總有一天會被在後方追趕的天才們超越。

我也要咬緊牙關繼續跑下去。

菲米娜

我的名字是菲米娜。
就只是菲米娜而已。
雖然幾年前還有姓氏，但現在沒有了。
我出身於魔族名家，從小過著自由自在的生活。
父親是財務部首長兼魔族軍第十軍軍團長，地位十分穩固。
正確來說，應該是曾經兼任第十軍軍團長才對。當我還住在家裡時，父親確實依然處於那個職位。
雖然第十軍並不是有著實際組織的軍隊，只是個空有其名的職位，但還是能領到職務津貼，讓我們家過得很富裕。
雖然我的生活過得自由自在，但家裡也相對嚴厲。
身為一個人上之人，得擁有相應的實力與精神。
不光是我們家，只要是魔族的貴族家庭都是這樣教育下一代的。
據說其中又以我們家的教育特別嚴格。

讀書、鍛鍊、禮儀……

我從小就每天都在做這些事情，自認是個無愧於家名的淑女。

不過，那都是過去式了。

因為在某個事件發生後，我就被逐出家門了……

我從幾乎要遮住眼睛的兜帽底下偷偷看向站在自己身邊的人。

「有事嗎？」

……馬上就被她發現了。

這個一臉不高興的傢伙是蘇菲亞·蓋倫。

她就是害我被逐出家門的元凶。

只要想到這件事，我至今依然會感到怒火中燒。

「不，沒事。」

「是嗎。」

我們只簡短交談了一下。

我跟她本來就不是會開心閒聊的朋友，現在也不是做那種事的時候。

因為我們正躲在森林裡面，準備埋伏敵人。

移動目光環視周圍，就能發現一群跟我做同樣裝扮的白衣人躲在各個地方。

他們每個人都使用了高等級的隱密技能，如果不是一開始就知道這件事，恐怕看不出那裡有人吧。

這個所有人的實力都異常強大的集團，正是魔族軍第十軍。

過去由我父親負責率領時，這個軍團只是把我家的私兵記載在名簿上，幾乎等於不存在。

而那已經是過去的事情了。

自從父親離開軍團長的位子，換上新的軍團長後，第十軍就重獲新生了。

變成一個由少數精銳構成的超人軍團。

相較於其他軍團，第十軍的人數連其百分之一都不到。

可是，每個士兵都擁有以一擋百的實力。

就算跟其他軍團正面對決，恐怕也能打得不相上下。

這個軍團裡的強者就是這麼多。

因為這些強者都是在短短幾年內鍛鍊出來的，所以更是令人畏懼。

話雖如此，其實我也是被這麼鍛鍊出來的。

只不過，其他軍團並不曉得第十軍的實際情況。

這是因為第十軍組成的時間並不長，再加上軍團的人數很少，沒機會在檯面上發揮實力。

相對的，在軍團長的指示之下，我們在檯面下做了許多事情。

諜報、暗殺……數之不盡。

因為這個緣故，大家都誤以為第十軍是專門處理地下工作的集團。

菲米娜

雖然這種認知也不算錯，但其實我們就算要正常戰鬥也沒問題，同時也能做好地下工作。

沒機會展現這方面的實力，讓我感到非常遺憾。

這次也是一樣。

相較於光明正大攻打人族領地的其他軍團，第十軍這次又是負責地下工作。

蘇菲亞小姐會心情不好，也是因為沒機會好好表現吧。

因為蘇菲亞小姐是個自我表現慾強而且喜歡戰鬥的人。

不過，就某種意義上來說，這裡才是最關鍵的戰場。

正因為如此，我們才會來到這裡。

「……」

大家都不發一語。

不過，第十軍的所有成員都已經進入備戰狀態。

透過技能強化過的聽覺，我們注意到在森林裡前進的腳步聲。

我們就這樣屏息以待。

由於第十軍的所有人都擁有無聲這個技能，所以不會被別人聽到呼吸聲和心跳聲，也能透過無臭這個技能讓人聞不見。

除此之外，我們還做過各種不讓自己被人發現的訓練。

唯一的例外，就是用千里眼之類的技能直接目視的狀況。

只有這類技能無法防範，但只要運用隱密或隱蔽這兩種技能，就能在某種程度上掩人耳目。

對方應該也不會隨時發動技能保持警戒，如果他們不是事先就知道這裡有人，我們就不用擔心會被發現。

我們就這樣屏住氣息，等待腳步聲通過。

我不會把目光移過去。

因為光是這樣就有可能被對方察覺。

腳步聲從我們躲藏的地點附近通過。

對方的人數聽起來大約是一百人左右。

這裡是只有獸徑的森林。

這種地方不適合行軍，如果一大群人要通過這裡，恐怕會有困難。

不過，正因為如此，這裡也是不容易監視的地方。

所謂的人魔緩衝地帶就是這種地方。

有辦法行軍的戰略要地都存在著人族建造的要塞。

而位於那些要塞之間的，就是俗稱人魔緩衝地帶的地方，也是魔族與人族經常爆發小規模衝突的地方。

這座森林也是其中之一。

敵人似乎打算利用魔族大舉進軍的機會，穿越這個人魔緩衝地帶，反過來攻打魔族。

我們第十軍的任務就是消滅那些敵人。

除了在場的成員之外，我們被分派到人魔緩衝地帶各地，到處殲滅那些試圖穿越這裡的敵軍以及原本就住在這裡的人族。

不過，最重要的目標在這裡。

我屏住氣息等待信號。

然後，信號終於來了。

那是肉眼看不見的超級細絲。

綁在我們手指上的細絲被人拉動了。

收到這個信號後，我們同時展開行動。

我們從躲藏的地方迅速現身，向敵人發動攻擊。

我的武器是用來投擲的戰輪。

像是要追過率先衝向敵人的蘇菲亞小姐一樣，戰輪成功命中敵人的頭部。

蘇菲亞小姐隨後立刻揮劍砍向其他敵人，其他成員也隨後展開攻擊。

敵人連防禦的機會都沒有，我方的第一擊是完全成功的奇襲。

然後，我們對還搞不懂發生了什麼事情，茫然站在原地的敵人展開追擊。

成功做出反應的敵人連一半都不到，我方的第二擊也成功對敵人造成有效的打擊。

正當我方要展開第三波攻勢時，敵人似乎總算明白自己受到襲擊，擺出了戰鬥架勢。

可是，這時敵軍受到的傷害已經相當大了。

為了在狹窄的獸徑中前進，敵軍排成一列縱隊，這也是他們犯下的一大錯誤。

我們從左右兩側夾擊敵軍狹長的縱隊，把他們分了開來。

然後各個擊破。

這裡原本就是行動受限的獸徑。

無法發揮出軍隊該有的協同作戰能力。

剩下的就只是戰力高低的比拚了。

但是，敵軍的人數因為一開始的奇襲減少了許多，而且還沒從混亂中恢復過來。

而且我方戰力強大。

我覺得這一仗根本不可能打輸。

「敵人來襲！敵人來襲！」

「該死！這群混帳！」

在敵人亂成一團的同時，第十軍的成員們靜悄悄地展開襲擊。

「波狄瑪斯——！」

更正。

有一個傢伙不但大聲吶喊，還誇張地拿著大劍亂揮。

「我們被埋伏了嗎？」

跟一邊吶喊一邊揮舞大劍的蘇菲亞小姐對峙的敵人，是個眼神很討厭的妖精男子。

波狄瑪斯．帕菲納斯——

他是我們這次最重要的討伐目標。

而這群敵軍正是波狄瑪斯所率領的妖精。

「我允許你們使用武裝。動手。」

波狄瑪斯用冷靜但響亮的聲音如此下令。

下一瞬間，妖精們的身體出現變化。

有些人的手突然變形，露出名為槍身的東西。

有些人拿出形狀類似的武器，甚至有人自手中伸出光刀。

然後，槍身射出了子彈。

可是，事先得知情報的我們不慌不忙地做出應對。

有些人用魔法做出牆壁防禦，有些人則看穿了彈道，躲過子彈。

「什麼！」

我們對嚇了一跳的妖精們展開反擊。

似乎就連波狄瑪斯都沒猜到會是這種結果，表情變得有些嚴峻。

我們早就知道了。

知道你們這些妖精會使用名為機械的武器。

畢竟第十軍的軍團長是那位主人。

「喝！」

蘇菲亞小姐的大劍砍了過去，波狄瑪斯伸出右手防禦。

那隻右手八成也是那種名叫機械的東西，但被蘇菲亞小姐的大劍輕易砍斷了。

「嘖！」

波狄瑪斯發出咂嘴的聲音。

「沒辦法。那就用抗魔術結界……」

波狄瑪斯的話只說到一半。

因為他的腦袋跟身體分開了。

犯人是突然出現在波狄瑪斯身後的人物。

「……人家打得正開心呢，可以請妳別礙事嗎？」

獵物被搶走的蘇菲亞小姐氣憤難耐地抱怨。

對方沒有回答她，直接捏碎手裡拿著的波狄瑪斯頭顱。

幾乎就在同一時間，所有妖精都被殲滅了。

無人逃走。無人生還。我方無人戰死。

迅速確認過這件事以後，我屈膝跪下。

「主人好。任務結束了。」

菲米娜

其他成員也跟著我向主人下跪。

只有蘇菲亞小姐依然站著。

主人連看都沒看我們一眼，只輕輕點了點頭。

她就是第十軍軍團長，也是我的主人。

她就是白大人。

關於我的人生是從什麼時候開始變得奇怪這個問題，答案十分明確。

就是在蘇菲亞小姐來到學校以後。

從那時候開始，我的人生就越走越偏了。

除了出身名門，為了不讓家族蒙羞而必須接受嚴厲的教育之外，我一直過著隨心所欲的生活。

在那之前，我幾乎不曾遇到不如意的事情。

頂多就是有個父母幫我決定的未婚夫，而無法決定自己的將來這點不太如意吧。

可是，我的未婚夫瓦魯多大人沒有可以嫌棄的地方，擁有無法自己決定的將來也是身為貴族的義務，我對此並沒有感到不滿。

我對自己的未婚夫瓦魯多大人抱有好感。

不過，那不是戀愛方面的好感，而是近似於友情的好感。

也許是因為知道自己將來肯定會跟這個人結婚，才讓我對他抱有一種近似於親情的感情。

總之，那並不是愛情。

瓦魯多大人似乎也是一樣。

不過，這樣也沒什麼不好。我以為，就算沒有火熱的愛情，我們應該也能建立一個互相尊重的和樂家庭。

直到瓦魯多大人背叛我，愛上其他女性為止。

沒錯。

他愛上的人正是蘇菲亞小姐。

來到學校就讀的蘇菲亞小姐是眾人注目的焦點。

魔族的貴族社會圈子很小。

因為魔族不但人口少，就連貴族也少，所以這也是理所當然的事。

在進到學校讀書以前，貴族的孩子就認識彼此，這是很正常的事。

就算不認識，也幾乎都擁有朋友的朋友這層關係。

因此，大家都對彼此的為人有所耳聞。

可是，蘇菲亞小姐是個例外。

她來歷不明。

而且也沒人見過她。

唯一知道的就只有在進到學校就讀以前，她曾經躲藏在菲沙洛公爵家裡。

因為這個緣故，學校裡流傳著各式各樣的臆測，像是「難道她是菲沙洛公爵巴魯多大人的私生女？」、「難道她是失蹤的前任魔王大人在外面偷生的孩子？」或「難道她是現任魔王大人的親人？」等等。

雖然我現在已經知道真相，明白那些推測都是錯的，但因為當時沒人知道蘇菲亞小姐的身世，所以幾乎所有人都不曉得該如何跟她相處。

因此，由該學年的學生中身分地位最高的瓦魯多大人擔任代表去跟她接觸，就某種意義上來說也是理所當然的事情。

可是，沒想到蘇菲亞小姐比我想的還要優秀，而瓦魯多大人又是個不服輸的人，導致他忘了「找出跟蘇菲亞小姐相處的方式」這個原本的目的。

沒錯。

雖然是那種個性，但蘇菲亞小姐十分優秀。

而瓦魯多大人雖然長著一張很有人緣的臉，卻是個非常討厭輸的高傲人物。

雖然我從小就以未婚妻的身分跟瓦魯多大人有所接觸，很清楚他的真面目，但絕大多數的人應該都會被他的外表以及巧妙的話術輕易騙過吧。

瓦魯多大人很擅長裝出親切的樣子，偷偷暗示別人「我比你還要厲害」。

他會在日常對話中不經意地強調自己比較優秀這件事，讓人覺得「我贏不了這個人」，同時裝出親切的樣子，讓人覺得「他真是個好人！」，藉此增加自己的崇拜者。

這人的個性還真是差勁。

就是因為明白這點，我才沒辦法愛上瓦魯多大人。

雖然瓦魯多大人很會耍心機，但那麼做的前提是他必須比對方優秀。

身為一個高階貴族，瓦魯多大人一直都在暗中努力提升自己。

然而，他徹底輸給了蘇菲亞小姐。

在同年紀孩子中總是居於第一名的瓦魯多大人輸了。

瓦魯多大人的鬥爭心會被點燃也是理所當然的事。

而蘇菲亞小姐總是發出「哼哼」的不屑笑聲，擺出顯然瞧不起瓦魯多大人的態度，這更助長了他的鬥爭心。

他們兩人的個性都很糟糕。

從此以後，瓦魯多大人就開始單方面展開挑戰了。

只要逮到機會，他就會去挑戰蘇菲亞小姐，然後每次都會落敗。

有時候比考試的分數，有時候比實戰課程的結果，有時候比舞蹈課的內容。

這一切挑戰的結果，瓦魯多大人都輸給了蘇菲亞小姐。

「蘇菲亞小姐，妳真的很厲害呢。」

雖然他露出溫和的笑容稱讚蘇菲亞小姐，但我感覺得到他內心那股熊熊燃燒的鬥志。

菲米娜

而且應該只有我發現，他的那些讚美在不知不覺間變成真心話了。

說不定連他本人都沒有馬上發現。

瓦魯多大人這輩子應該從來不曾連續輸過這麼多次。

在那之前，他總是第一名。

即使我偶爾會不小心沒拿捏好分寸贏過他，他下次也會加倍努力贏回來。

他就是這種人。

我知道他為了配得上自己的地位，一直都在努力當第一名。

所以，我也一直只當第二名。

呵呵。瓦魯多大人明明是個聰明人，卻沒發現我總是手下留情，故意只當第二名的事情。

不過，我相當尊敬努力讓自己作為王者的瓦魯多大人。

也覺得如果讓這個人來領導衰退的魔族也不錯。

我們是高階貴族。

是下個世代的領導者。

正因為如此，我們不被允許失敗。

非得成為人上之人不可。

可是，蘇菲亞小姐不懂我們的辛苦與煩惱，無情地連戰連勝。

而那個總是獲勝，受到敗者崇拜的瓦魯多大人，也因為屢戰屢敗而崇拜起徹底擊敗自己的蘇菲亞小姐。

……像他這種傢伙，好像就叫做「簡單的男人」。

瓦魯多大人迷戀上蘇菲亞小姐，而且程度還隨著年齡增長越來越嚴重。

雖然我從初次見面時就有這種感覺，但蘇菲亞小姐越是長大，就變得越漂亮。

不光是外表，她還散發出一種會誘惑男人的魔性魅力。

許多男人都被她的魅力俘虜，自願變成她的奴隸。

如果他們只是真的愛上蘇菲亞小姐，那倒是還好。

雖然我不認為所有貴族男生都愛上同一位女生是好事，但如果他們只是因為年少輕狂而追捧美女，那我還能睜一隻眼閉一隻眼。

只要他們總有一天會清醒就好了。

可是，實際情況比那還要嚴重多了。

因為他們都中了蘇菲亞小姐魅惑的毒牙。

魅惑——

儘管能夠引發這種狀態的技能不多，但這種異常狀態確實存在。

受到魅惑的人會開始崇拜施術者。

肩負魔族下個世代未來的男生，幾乎都被同一名女子魅惑，變成任憑她擺布的奴隸。

這是無論如何都不能放著不管的大問題。

而且他們還一如字面意義，真的中了蘇菲亞小姐的毒牙。

蘇菲亞小姐其實是只在童話故事裡出現過的吸血鬼。

如果放著不管，蘇菲亞小姐這個吸血鬼將會掌控整個魔族。

幸好蘇菲亞小姐本人似乎沒有想那麼多，而且也只是在不知不覺中到處魅惑男人。

可是，就算這樣也不能放著她不管，於是我先去找父親商量，找尋解決問題的辦法。

但我的行動被察覺了。

雖然自己沒有發現，但我當時應該也有些心急。

我被以瓦魯多大人為首的眾人陷害，蒙上了不白的冤罪。

不，那也不能完全算是冤罪。

畢竟我確實立下了計畫要解決蘇菲亞小姐。

於是，我被學校退學了。也許是有人暗中動了手腳，我還被父親逐出了家門。

我忘不了父親一臉抱歉地說要跟我斷絕關係時的表情。

我事後才知道，因為蘇菲亞小姐是魔王大人身邊的人，以瓦魯多大人父親為首的部分貴族權衡得失後，決定捨棄我。

聽說那些檯面下的陰謀都是由瓦魯多大人主導的。

我總是故意手下留情，把第一名讓給瓦魯多大人。

可能是因為這樣，我太過相信自己的能力了。

以為只要自己拿出真本事就無所不能。
而我卻在排除掉蘇菲亞小姐之前，就被瓦魯多大人排除了。
如果把這當成是一場政爭的話，我等於是輸給他了。
這或許是我頭一次拿出真本事，卻輸給他。
我曾經希望他能變得更強，成為一個就算我全力以赴也贏不過的男人。
可是，我並不想要這樣的敗北。
沒想到瓦魯多大人居然會拿出全力擊敗我，奪走我的一切……
我還以為就算沒有愛情，我們之間也有著類似同志的信賴關係……
我就這樣被未婚夫背叛，還被逐出家門，陷入失意的谷底。
幸好父親沒讓我在身無分文的情況下被逐出家門，替我準備了一定程度的金錢與容身之處。
而那個容身之處，就是魔族軍第十軍。
剛好在我被逐出家門的時候，第十軍自父親手中交給了身為現任軍團長的白大人，正在招募人員。
因為交接的緣故，父親認識白大人，才會把我託付給她。
白大人爽快地答應了父親，讓我加入了第十軍。
在那之後，我就把白大人當成主人侍奉。
我要感謝白大人的事情太多了。

菲米娜

我當時還只是個小女孩，如果沒有容身之處，就算身上有錢，也遲早會死在路邊。

而且白大人沒有因為我是個孩子就放縱我，不斷讓我去工作和訓練。

那真是段不正常……不，是瘋狂、脫離常軌……呃，沒錯，那是段非常充實的日子。

那讓我沒時間沉浸於悲傷，每天都忙得暈頭轉向，心情也在不知不覺間好多了。

雖然不曉得那是不是主人的目的，但我還是重新振作起來了。

也許是因為我發現，比起每天都被操得半死的痛苦，被未婚夫背叛與被逐出家門根本不算什麼了吧。

拜此所賜，我的能力值提升到了匪夷所思的境界。

我這才發現人類真的能夠超越極限。

在被主人收留以前，我身為高階貴族的女兒，並不覺得自己疏於努力，但我現在才切身體會到，努力只是每個人都辦得到的事情，如果要超越極限，就必須做誰也辦不到的事情才行。

跟我接受過同樣訓練的所有第十軍現任成員，無論於身於心，都已經半放棄當個人了。

主人說這就叫做帶練。

在帶練的過程中苦樂共享，這讓第十軍的成員們非常團結。

然後，在主人手下行動的過程中，我們見識到了這個世界的黑暗面。

我曾經以為自己會以高階貴族女兒的身分爬上統領整個魔族的地位。

結果這個人生藍圖輕易化為雲煙，我在主人麾下走上了比那更黑暗的道路。

人生還真是難以預料。

沒錯，就像是在我忘記了過去的時候，害我失去一切的前未婚夫以及身為元凶的蘇菲亞小姐，卻跑來加入第十軍之類的。

面對因為獵物被搶走而發脾氣的蘇菲亞小姐，主人一聲令下。

「坐下。」

下一瞬間，蘇菲亞小姐立刻跪下。

「嗚……嗚嗚嗚！」

雖然蘇菲亞小姐的身體不斷顫抖，掙扎著想要起身，卻還是只能讓額頭緊貼著地面。

聽說這是主人為了懲罰蘇菲亞小姐所下的詛咒，可以逼她跪下。

而主人對她下詛咒的日子，就是我被逐出家門的那一天。

換句話說，這一切都是為了我！

……雖然我很想這麼想，但可惜，與其說那是為了我，倒不如說是為了懲罰蘇菲亞小姐。

不過，這對我來說也算是一種報復了。

我就是要這麼說。

妳活該！

Phelmina

菲米娜

本名是菲米娜。雖然她原本是貨真價實的貴族之女，卻因為某個事件被逐出家門，已經捨棄了家名。她父親是財務部首長兼前魔族軍第十軍軍團長，但現在已經把第十軍軍團長的寶座交給白，並透過這層關係讓女兒菲米娜加入了第十軍。她在白的身邊接受過地獄特訓，練就了世界頂級的暗殺技術。她明明沒做什麼壞事，婚約就被毀棄，還被逐出家門，於地獄特訓中徘徊於生死邊緣，還在白的身邊知道了許多不知道比較幸福的事情，是個不幸的女孩。

瓦魯多

「射擊！」
在我的號令之下，魔法發射出去。
魔法精準地命中敵人。
幾乎都是一擊斃命。
「突擊！一個都別放過！」
我話還沒說完，白色人影便迅速移動，開始殲滅倖存的敵人。
雖然我叫他們一個都別放過，但看樣子這句話是多餘的。
就算我不那麼說，他們應該也會把敵人殺光吧。
真是可怕。
魔族軍第十軍——
隸屬於這個軍團的士兵們，全都擁有足以被稱作英雄的實力。
或許比這還要厲害也說不定。
據說人類的能力值上限通常只有一千左右。

不管是魔族還是人族，這點都不會改變。

只有極少數人能夠到達這個境界，而能夠超過這個上限，則是身為英雄的證據。

而這裡有許多這樣的英雄。

為什麼我非得指揮這些英雄不可呢？

老實說，我是第十軍裡最弱的人。

出身於魔族貴族中地位最高的公爵家的我，居然連一介士兵都贏不了。

如果是以前的我聽到這種話，應該會不屑地笑出來吧。

但我現在笑不出來了。

我之所以負責擔任指揮官，不是因為我的實力強，純粹是因為身為貴族的我學過該如何指揮軍隊。

換句話說，只是因為我能夠指揮軍隊。

其中沒有更多意義。

即使是缺乏實戰經驗的菜鳥指揮官，如果率領的是一群英雄，只要別犯下太大的錯誤，就不會出問題。

老實說，就算不是我來指揮也行。

不管是誰來指揮都好。

率領一群比自己更強的士兵給我很大的壓力。

胃一直隱隱作痛。

而這些士兵對我沒有好感這件事助長了我的胃痛。

原因就出在第十軍最資深的成員菲米娜身上。

她是我的前未婚妻。

也是被我陷害，因此失去一切的人。

我戀愛了。

但那人不是我的未婚妻。

所以，身為我的未婚妻的菲米娜只是阻礙。

因此我陷害她，藉此解除婚約。

連我都覺得自己很差勁。

可是我不後悔。

就算別人罵我是個爛人，就算大家都看不起我，對我感到失望，我也不後悔。

即使給我機會回到過去重來一次，我也還會做出同樣的選擇。

我就是這麼深愛著蘇菲亞。

但是，第十軍的成員們都知道我對菲米娜做過的事。

而一直同甘共苦的第十軍成員非常團結，他們看我這個後來加入的新人的眼神實在很難算是友善。

幸好他們都對身為軍團長的白大人忠心耿耿，沒有挾帶私情，對同事做出不好的事情。

現在也都有乖乖聽從我的命令。

即使如此，我還是感到很不自在。

可是，這也是為了跟蘇菲亞在一起。

即使蘇菲亞眼裡根本沒有我……

我是在進到學校就讀時認識蘇菲亞的。

在那之前，我們就聽說有個來歷不明的女生要入學，大家都很煩惱該怎麼跟她相處。

所以，我才會去跟她搭話。

我對她的第一印象是——她是個漂亮的女孩。

給人一種如夢似幻的感覺，就像洋娃娃一樣。

我對她的第二印象是——有別於這樣的外表，她的個性很糟糕。

對於跑去找她說話的我，她完全不掩飾內心的厭煩。

面對出身公爵家的我，蘇菲亞是頭一個連表面工夫都不做，就隨便把我打發掉的人。

老實說，我當時感到很不愉快。

很好，那我就來徹底羞辱這傢伙吧。

我如此下定決心。

雖然我其實是打算透過對話跟她打好關係，查清楚她的真實身分，找出跟她相處的合適方法，但那種事情已經不重要了。

既然是對方先對我無禮，那我就算羞辱她也無所謂吧。

只不過，要是因為蘇菲亞的真實身分導致之後發生問題就不好了。

畢竟有人猜測蘇菲亞其實是魔王的親人，我必須盡量避免惹事生非，在不被本人發現的情況下嘲弄她。

懷著這種想法，我決定先讓她搞清楚誰比較優秀。

然後我總算搞清楚了。

搞清楚到底誰比較優秀。

不管我做什麼都贏不了她。

起初我感到驚訝，不敢相信會有這種事。

我可是公爵家的嫡子，也是菁英中的菁英。

我居然會徹底輸給一個來歷不明而且個性差勁的女生。

每當勝過我的時候，蘇菲亞總是會發出不屑的笑聲。

我無法容忍這種事情。

總是得第一的我居然會被那種女人踩在腳下。

一直扮演著溫柔貴公子的我差點氣到露出本性。

於是，我拚命讀書，重新鍛鍊自己，下定決心要贏回來。

然後一次又一次落敗。

我覺得很痛苦。

為什麼？

為什麼我贏不了？

我明明已經這麼努力了，到底為什麼贏不了她？

可是，在不斷輸給蘇菲亞的過程中，我在不知不覺間開始變得尊敬她。

在我一時興起讀過的戀愛小說裡，有著「正因為愛著對方，由愛生恨才會恨之入骨」這麼一段話。

而我的情況正好相反，我把對她的憤怒與受到的屈辱直接變成了敬意。

我承認。

蘇菲亞比我優秀多了。

自從承認這個事實後，我的心情就變輕鬆了。

只要我心懷純粹敬意看著蘇菲亞，就能找到她的新魅力。

雖然我第一眼看到她的時候就覺得她很漂亮，但那種美貌竟然還又隨著年齡增長變得更加完美。

雖然蘇菲亞總是很自然地看不起別人，個性絕不算好，但她跟我不一樣，不會掩飾自己真正

的想法。

當我明白那是她誠實且表裡如一的表現時，就突然覺得她非常耀眼。

每個貴族都習慣戴著面具做人。

他們絕對不會讓人搞懂自己真正的想法，總是在用唇槍舌劍互相攻擊。

這讓我對雖然個性糟糕，卻完全不去掩飾這點的蘇菲亞抱有好感。

她從來不在意別人的評價，展現出唯我獨尊的強大。

事實上，蘇菲亞應該對別人不感興趣吧。

實際來到第十軍後，我就明白了。

如果這就是蘇菲亞眼中的世界，那她應該會覺得學校裡的我們只是些小人物。

自從知道蘇菲亞的真實身分後，我更是這麼覺得。

在只存在於故事裡的吸血鬼真祖眼中，我就跟其他凡夫俗子沒兩樣。

公爵家嫡子這樣的地位只不過是在魔族內部才管用的頭銜。

在跳脫出這個小框架的蘇菲亞眼中，那就跟沒有一樣。

自從遇到蘇菲亞以後，我不斷體會到自己的渺小。

其中最好的例子，就是我陷害菲米娜那件事。

沒想到我居然是個只為了得到心愛的少女，就能若無其事地排除掉交往多年的未婚妻的男人，連我自己都覺得傻眼。

我知道學校裡的男生都因為蘇菲亞的魅惑之力而變得不對勁。

對於自己不是受到那種被植入的虛假感情控制，而是憑自己的意志愛上蘇菲亞這件事，我抱著種優越感。

因為這種小事就能感到優越，也證明了我的渺小。

不過，比起我利用學校裡的人對蘇菲亞的崇拜，把礙事的菲米娜排除掉這件事，這應該不算什麼吧。

因為不光是學校裡的人，我還把他們的監護人和我的父親都捲入這件事，逼得菲米娜走投無路。

連我都佩服自己的手段。

只要我的未婚妻還是菲米娜，我就不可能跟蘇菲亞在一起。

此外，菲米娜也把到處魅惑別人的蘇菲亞視為危險人物，想要把她排除掉。

對於排除掉菲米娜這件事，我絲毫沒有猶豫。

如果問我是不是討厭菲米娜，我會回答不是。

雖然我們之間沒有愛情，卻一直尊重著彼此。

如果是菲米娜的話，就算沒有愛情，我們應該也能有段不錯的婚姻吧。

但是，我嘗到愛情的滋味了。

既然體驗過這種令人瘋狂的情感，就不可能接受那樣的未來。

我覺得自己很對不起沒做錯任何事的菲米娜。
雖然我這麼覺得，但也就只有這樣。
我這個未婚夫還真是過分。
而我現在感受到的不自在，就是當時的行為的報應。
從學校畢業以後，我原本應該到父親那邊幫忙，但我只因為想要待在蘇菲亞身邊，就跑去加入第十軍。
完全不曉得那裡是多麼可怕的地方。
成員們若無其事地做著令人懷疑自己的眼睛，徒有訓練之名的地獄苦行。
蘇菲亞也若無其事地加入了他們。
而在那些成員之中，還有我過去的未婚妻菲米娜。
我受到了許多打擊。
我輸給了完成那些誇張訓練的成員，還被菲米娜冷眼相待，蘇菲亞也對跟不上訓練的我感到傻眼。
我之所以沒有輕易失去鬥志，都是因為有段徹底敗給蘇菲亞的過去。
如果沒有那段過去，我恐怕早就失去自信，封閉起自我了吧。
只不過，我也不過是勉強讓自己沒有變成那樣罷了。
我只是沒有封閉自己，但其實早就失去自信了。

不同於只輸給蘇菲亞一個人的學生時代，我在這支第十軍裡是最後一名。

而且就連過去被我排除掉的菲米娜，實力都遠遠強過我。

現在的我跟菲米娜，能力值已經差了一倍以上。

即使如此，自從加入第十軍以後，我都有好好完成那些訓練。

可是，從現在的第十軍成立時，菲米娜就一直接受那種訓練，時間上的差距讓她領先於我。

總是在我之下的菲米娜，現在遠遠在我之上。

雖然我受到嚴重的打擊，但僅存的一點自尊心讓我試圖改變現狀，鼓起快要萎靡的鬥志。

我拚命掙扎，想要重新追過她。

可是，菲米娜原本就很優秀，又早了我幾年開始進行地獄特訓。

我無法立刻縮短差距。

不但如此，差距甚至有繼續加大的傾向。

我再也顧不得體面，向蘇菲亞低頭拜託。

請妳把我變成吸血鬼吧。

……雖然這聽起來可能像是藉口，但我一直希望總有一天能夠成為吸血鬼。

我想跟蘇菲亞在一起。

永遠在一起。

既然如此，那請蘇菲亞把我變成吸血鬼就是最快的手段。

而成為吸血鬼就等於是成為蘇菲亞的眷屬。

可以把身心都獻給她。

我覺得那是非常美好的事情。

只不過，有個問題讓我對成為吸血鬼這件事感到躊躇不前。

並不是因為必須捨棄魔族身分這樣的理由。

事到如今，不管是身為高階貴族的自尊還是其他東西，我早就全部捨棄了。

我可是為了跟蘇菲亞在一起，連未婚妻都能捨棄的男人。

早已做好墮入地獄的覺悟。

就算別人說我自私，說我不負責任，我也會做自己想做的事。

雖然對不起父親，但我無意負起身為公爵家嫡子的責任。

那到底是什麼問題讓我躊躇不前呢？答案就是我的外表。

據說吸血鬼擁有永恆的生命。

不老不死。

問題就出在這裡。

除了蘇菲亞之外，還有個名叫梅拉佐菲的男子也是吸血鬼。

自從成為吸血鬼後，他的年齡就停止增長了。

儘管他已經來到人族壯年的年齡，看起來也還是一樣年輕。

如果吸血鬼會在全盛期停止成長的話，那倒是無所謂。
事實上，蘇菲亞就還在成長。
可是，蘇菲亞是名為真祖的特殊存在。
換作是普通的吸血鬼，真的還會繼續成長嗎？
沒錯，我希望在長成大人以後成為吸血鬼。
讓自己的外表停留在跟蘇菲亞仰慕的梅拉佐菲差不多的年齡。
考慮到成長可能會停止的風險，我最好還是在外表變成最理想的大人模樣以後，再讓自己變成吸血鬼。
但是，現在已經不是說那種話的時候了。
我必須盡快改變這種在最底層掙扎的現況。
只要成為吸血鬼，就能得到力量！
反正這也只是時間早晚的問題。
就算外表會停止成長，我也不在乎了。
於是，我拜託蘇菲亞把我變成吸血鬼。
眼前的世界為之一變。
在此同時，我還能感覺到自己跟蘇菲亞之間有條無法切斷的連繫。
真是幸福。

那一瞬間，我覺得自己就是為了這一刻才出生的。

即使如此，我在第十軍裡的立場還是沒有改變。

還是一樣在最底層掙扎。

成為吸血鬼確實提升了我的能力值。

可是，第十軍的水準可沒有低到光是這樣就能追上的地步。

「這不是當然的嗎？要是變成吸血鬼就能變得那麼強，不就太作弊了嗎？作弊是不對的。」

蘇菲亞傻眼地這麼說。

「梅拉佐菲剛變成吸血鬼的時候也打輸了。可是，他還是拚命保護我，當時的梅拉佐菲真的超帥。」

然後一臉陶醉地繼續說了下去。

我很嫉妒。

蘇菲亞眼中只有梅拉佐菲。

明明同樣都是她的眷屬，我們兩人的待遇卻有著天壤之別。

蘇菲亞想要的就只有梅拉佐菲，不管我怎麼追求，她都沒有回應我。

透過成為吸血鬼，我得到永遠陪伴蘇菲亞的權利。

可是，這或許也意味著，我得永遠忍受這種得不到回報的痛苦。

就算是這樣，我也不後悔。

蘇菲亞

我先是被踢到不想去的學校，過著壓力不斷累積的日子，還因為在不自覺的情況下用魅惑的力量把學校搞得一團亂這個罪名，就被人下了奇怪的詛咒。

我不能接受！

更何況，把前世是個高中生的我踢到學校這種全是小鬼頭的地方，這件事本身才過分不是嗎？

每天都被逼著跟煩人的小鬼頭在一起，而且還見不到梅拉佐菲。

我可是一直忍著不讓壓力逼瘋自己耶。

結果我拚命忍耐了幾年，卻換來突然被懲罰，受到詛咒的下場。

你們不覺得這樣很過分嗎！

可是我無法反抗。

因為這就是詛咒的效果。

我當然是有感到不太對勁。

畢竟男生們突然開始頻繁地向我獻殷勤。

可是，我以為青春期的男生都是那樣。

沒想到那竟然會是我無意中亂用了魅惑之力的結果。

當以陰險小子為首的男生們聯合起來，把班長逐出學校時，我還想說到底發生了什麼事。

沒想到那竟然會是魅惑的影響。

對了，我口中的陰險小子就是瓦魯多，班長則是菲米娜。

因為瓦魯多是個陰險的傢伙，菲米娜總是假正經地跑來教訓人，讓我覺得她就像班長一樣，才暗自這麼稱呼他們。

因為菲米娜這人很囉嗦，讓我覺得她被瓦魯多趕出學校根本活該，但我之後立刻就被主人下詛咒了。

不過，我確實有些對不起菲米娜。

雖然菲米娜這人很囉嗦，但說的話都是對的。

所以，她是在沒做錯事的情況下，被擅自吹捧我的男生們趕出學校。

雖然那不是我的行為，也不是我下達的指示，但我還是覺得自己有些責任。

我非常無法接受自己被下詛咒這件事，但之後就連梅拉佐菲都叱責了我……

「大小姐，妳覺得父母會以現在的妳為榮嗎？」

梅拉佐菲用我從未見過的嚴肅表情看著我。

「放任吸血鬼的本能恣意妄為想必是件很爽快的事情吧。誰都不會違抗自己，誰也無法違抗自己。沒錯，因為那是妳親手造成的結果。感覺像是在夢裡一樣嗎？還是說，妳以為那只是一場夢？以為那只是一場沒有真實感的夢？」

雖說是無意識之下的行為，但我使用了魅惑之力也是事實。

此外，伴隨著第二性徵帶來的身體變化，似乎讓我在無意識中發揮出吸血鬼的本能，勾引了身為餌食的男人。

「您的雙親託付給我的任務就只有一個。『女兒就交給你了』——就只有這樣。」

這句話如實表現出梅拉佐菲有多麼重視我的雙親。

「他們把妳交給了我。所以，我會一輩子守候著妳，絕對不會拋棄妳。要是妳犯錯了，我會負責叱責妳。在妳把拉回正道以前，我會不斷地動手教訓妳。」

說完，他一巴掌打在我的臉頰上。

「為了讓妳走上能夠挺起胸膛面對老爺與夫人，讓他們以妳為榮的生存之道，我會一直守候著妳。要是妳又犯錯了，我還是會動手教訓妳。不過，如果可以的話，請妳不要讓我再次動手。」

他好詐。

被他用那種快要哭出來的表情這麼說，我不就不能不聽他的話了嗎？

因為這個緣故，自從那起事件發生後，我就一直過著安分守己、品行端正的生活。

可是、可是！

「嗚嗚嗚……！」

我現在正被人逼著下跪。

主人……

妳發動這個詛咒的次數會不會太多了點？

不同於梅拉佐菲的巴掌，就算只是雞毛蒜皮的小事，妳也一直拚命亂用耶！

如果是用來教訓做了壞事的我就算了。

可是，我總覺得妳有時候只是因為自己心情不好，就用這招拿我來洩憤耶！

「呵。」

就算額頭緊貼著地面，我也知道是誰在嘲笑我。

可惡的菲米娜！

我知道是我害妳的人生變得一團亂，所以妳很討厭我！

可是，每當我被逼著下跪的時候，妳就在那邊嘲笑我是什麼意思！

我姑且明白自己有錯，也覺得自己有責任。

可是，我果然還是討厭這傢伙。

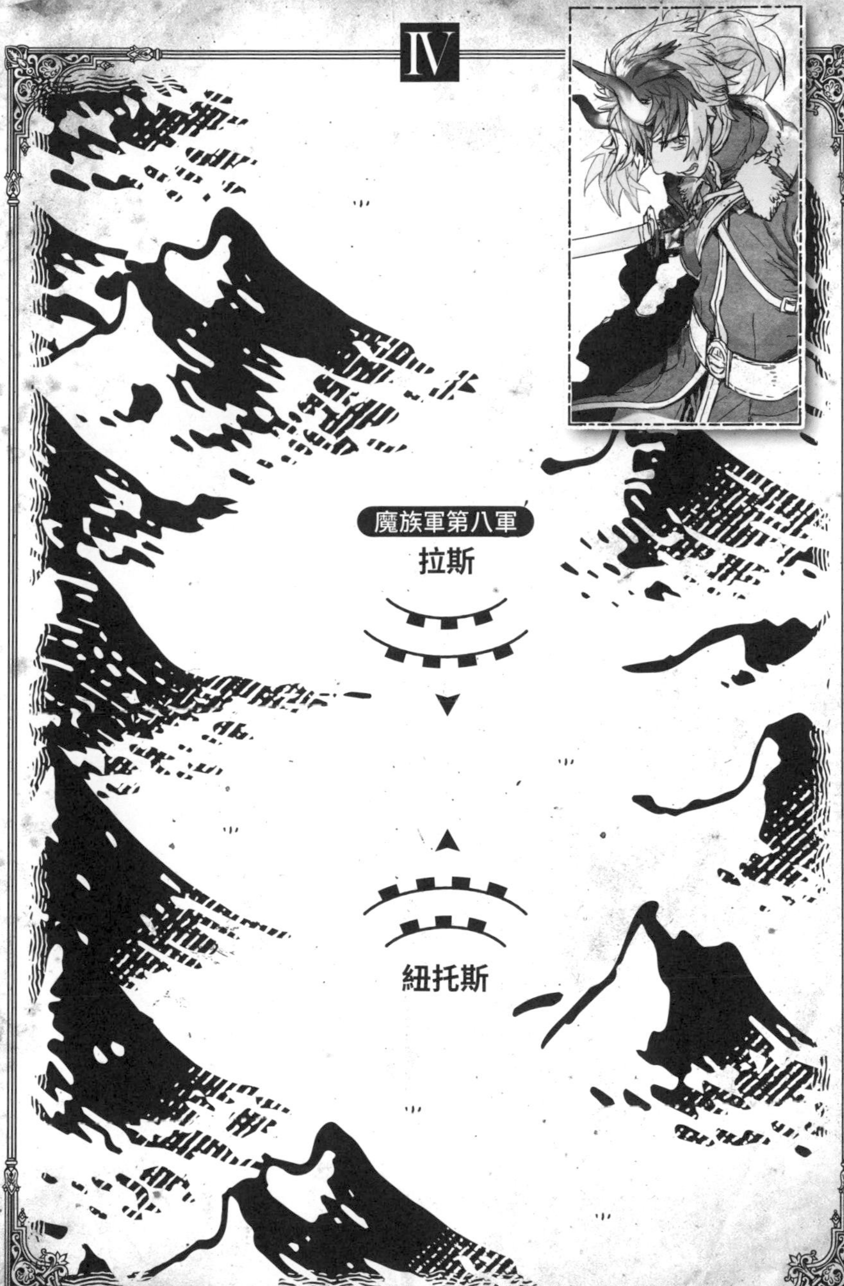
IV
魔族軍第八軍
拉斯
紐托斯

拉斯之戰的重點整理！

這裡是小白的解說專欄！

就跟大家看到的一樣，鬼兄負責攻打的要塞四面都是山！

也就是說，這座要塞就蓋在四面環山的盆地裡面。

因為跟巨乳怪那時候的情況不一樣，這座要塞不是蓋在山上，就這點來說應該還算容易攻打。

但因為這座要塞的周圍都是山，所以只能從正面攻打。

防守方可以清楚看出對手會從哪邊攻打，這就表示要制定對策也很容易。

攻擊方無法使出什麼奇特的戰術，只能用傳統戰術強行蠻幹！

可以想見這會是一場纏鬥！

……話雖如此……

負責率軍進攻的人可是鬼兄。

那個鬼兄會用正常戰術攻打要塞嗎？

我想鬼兄就算單槍匹馬上陣，應該也能摧毀那座要塞吧？

不是打下來，是摧毀掉。

……乾脆全都交給那傢伙一個人去打就好了嘛！

拉斯

我不會說這是贖罪。
更別說是伸張正義。
我只是不想讓親手堆起的屍山白費。
這雙沾滿鮮血的手也只能辦到這件事了。

魔族與人族在戰場上戰成一團。
這是場毫無陣法可言的混戰。
戰術變得毫無意義，雙方都只能拚命打倒眼前的敵人。
我沒辦法在戰場上指揮軍隊。
因為不管是前世還是今生，我都沒有領軍作戰的經驗。
雖然自從當上第八軍軍團長後，我稍微累積了一些經驗，但原本就在部隊裡的幕僚所下達的指示還是遠遠比我來得精確。

老實說，我不適合擔任指揮官。

就能力上來說，我比較適合在前線戰鬥。

只不過，考慮到這場戰爭的目的，也不能只讓我一個人戰鬥。

如果讓我大開殺戒，雖然可以對人族造成打擊，卻會讓魔族的傷亡減緩。

我們必須讓人族與魔族都受到同樣程度的打擊，所以那是個下策。

我不能在前線大殺四方。

可是，我也不能因為這樣就待在後方指揮。

畢竟我做不到。

要是被第八軍的士兵們知道這件事，我就會被看扁。

老實說，第八軍的人員都是東拼西湊來的。

第八軍原本就是空有其名的軍團，底下幾乎沒有士兵。

前第八軍軍團長已經辭去這個掛名的職位，現在正專心處理內政工作。

而那些儘管人數不多卻還是隸屬於其下的士兵，也都重新編入其他軍團，沒人留在第八軍。

至於現在的第八軍人員，則是自從事了不當行為而被解除兵權的魔族領主們的私人軍隊找來，重新編組而成。

例如前第九軍軍團長涅雷歐。

他意圖暗殺身為魔王的愛麗兒小姐，結果以失敗收場。

而且他之前還協助了前第七軍軍團長華基斯發起的反叛。

把涅雷歐擁有的私人軍隊，跟隸屬於涅雷歐派閥的貴族的私人軍隊加在一起，再從他們的領地強制徵兵後，就組成這支第八軍了。

因為這個緣故，第八軍的士兵士氣低落。

其中甚至還有心懷叛意的士兵。

我只不過是用武力逼他們就範罷了。

所以，我只要稍微被他們看扁就完蛋了。

在那個瞬間，應該就會陸續出現逃兵了吧。

其中甚至可能會有人打算趁機對付我。

他們都已經見識過我的實力了，我希望那種事不要發生，但要是真的發生，到時候我可能就不得不對付自己的士兵了。

雖然那樣也能增加傷亡，但我實在不想那麼做。

結果，我採取的行動非常單純。

既然沒辦法指揮，那不要指揮就行了。

只要打一場亂成一團的大混戰，讓指揮變得毫無意義就行了。

如果能夠進一步避免出現逃兵，那就更完美了。

我在擺好陣形的第八軍後方設下地雷，還把這件事告訴了他們。

讓他們知道沒有退路。

還說如果這樣他們也要逃跑，那我會親手斬殺逃兵。

他們畏懼發抖的模樣十分有趣。

至於我本人則要把要塞摧毀掉。

為了盡量避免被發現，我從遠方擲出魔劍。

這麼一來，為了逃離我的破壞行動，人族就會逃到要塞外面，非得前進不可。

我的魔劍攻擊很輕易地就破壞掉要塞的防禦工事。

他們沒辦法躲在要塞裡不出來。

要是他們堅守不出，傷亡只會更加慘重。

然後，為了把他們逼出來，我不斷從遠方投擲魔劍。

魔族軍無法後退，人族軍只能前進。

他們只能選擇正面對決。

如果雙方都被逼得不得不正面對決，那就不需要什麼戰術了。

只要讓雙方陷入混戰，指揮就會變成無足輕重的小事。

在混戰之中，我一邊把魔劍丟到人族軍背後，逼迫他們前進，一邊把衝向自己的敵軍砍倒。

就連在投擲魔劍的時候，我也在故意盡量減少敵軍的傷亡。

要是我消滅太多人族軍，魔族軍的傷亡就會變少。

他們好歹算是自己人，努力減輕他們的傷亡才是指揮官該做的事。

可是，我做的事情正好相反。

我這個軍團長還真是過分。

變成我的部下，算他們運氣不好。

我發自內心同情他們。

可是，我只能這麼做。

因為我早就決定要這麼做了。

當我就這樣隨便投擲魔劍，砍倒衝過來的人族時，我聽到吵雜的戰場中傳來異常宏亮的吼叫聲。

「嗚喔喔喔喔喔喔喔喔喔！」

真虧他都不會沒氣。我心中冒出這個不合時宜的感想。

騎士一邊吼叫一邊揮劍，往我這邊衝了過來。

從頭盔的隙縫中，可以窺見刻著歲月的痕跡，滿是皺紋的老騎士臉孔。

他看起來明明年事已高，卻比這個戰場上的任何人都還要活力十足。

我對那個身影……不，是那劍技有印象。

他是那位在很久以前，當我還是巨魔時，把我逼入絕境的老騎士。

「喔喔喔！這股霸氣！我猜你就是率領這支魔族軍隊的將領！在下名叫紐托斯！讓我們光明

正大一較高下吧！」

這……這傢伙是個熱血笨蛋……

老騎士紐托斯先生殺到我面前，完全無視周圍，向我發出一決死戰的戰帖。

該怎麼說呢……這人實在不會看場合。

現在早就不是還能說什麼光明正大的時候了吧。

居然在這種混戰中叫人跟他一較高下，難不成他是笨蛋嗎？

他應該就是個笨蛋吧。

但是，我不討厭這種笨蛋。

雖然是個笨蛋，但他應該是個信念堅定的人。

他忠於自己的信念，活得光明磊落。

這讓我有點……不，讓我相當羨慕。

他跟內心充滿迷惘，總是猶豫不決的我正好相反。

「我接受你的挑戰。」

我會特地出言回答，只是因為想要這麼做。

我想跟這個人來場光明正大的對決。

紐托斯先生沒發現我是他以前對決過的敵人。

畢竟我當時是隻巨魔，外表跟現在不一樣。

不過，我不打算特地告訴他這件事。

不管我有什麼樣的過去，這人應該都不會在意吧。

對我來說，這是場復仇之戰。

想到這裡，我就有種不可思議的心情，但我該做的事情沒有改變。

「我要上了！」

紐托斯先生一個箭步衝了過來。

速度快得讓人無法想像他是個老人……不，那根本不是穿著沉重盔甲的人該有的速度。

雖然聽說人族的能力值遜於魔族，但他衝刺的速度遠比一般魔族快多了。

在第八軍裡面，到底有多少人能夠跟他一樣快呢？

「！」

即使如此，他還是比不上我。

我的實力變得比還是巨魔時強多了。

我的魔劍斬斷了紐托斯先生的劍。

雖然那八成是把相當好的名劍，但因為我的能力值與魔劍硬砍過去的一劍，那把劍被從中砍斷。

紐托斯先生的脖子也緊接著被斬斷。

在毫無抵抗的情況下，紐托斯先生的頭顱掉在地上。

至少要讓他來不及感到痛楚就安詳地死去。

懷著這種想法或許是件可笑的事情。

不過，這是我唯一能做的事情。

看來紐托斯先生似乎是人族軍的重要人物，看到他戰死後，士兵們軍心動搖，開始潰不成軍。

就像崩了一角就連環倒下的骨牌一樣，人族軍就此潰敗。

於是，我們第八軍戰勝了。

霍金

「霍金，你應該留下來才對。」

在決戰的前一晚，我的主人吉斯康老爺對我這麼說。

「可以告訴我理由嗎？」

「……這個你自己應該最清楚吧？」

聽到老爺這麼說，我閉口不語。

其實我也明白。

我是勇者團隊中最弱的那個人……

勇者團隊一共有五個人，那就是身為隊長的勇者尤利烏斯，還有他的兒時玩伴哈林斯、聖女亞娜，以及老爺跟我。

不管是劍術還是魔法，身為勇者的尤利烏斯都是超一流的高手。

哈林斯身為隊伍的前衛，是能幫整支隊伍扛下許多傷害的可靠同伴。

聖女亞娜不但能用治療魔法替大家療傷，還能用魔法進行攻擊與支援，是個萬能的後衛。

老爺是武器專家，也是僅次於尤利烏斯的攻擊手。

相較之下，我是對戰鬥幫助不大的後勤人員。

為了讓勇者團隊可以順利活動，我擔起了斡旋委託、進行交涉、補給物資、申請交通許可，以及跟各國進行協調等工作。

幾乎都是與戰鬥無關的工作。

當然，戰鬥的時候，我也會用飛刀和魔法道具進行支援。

可是，我知道自己無論如何都比不上其他隊員。

相較於在自己擅長的領域都屬一流人才的其他隊員，如果正面對決的話，我恐怕連普通士兵都打不贏吧。

我只不過是在戰鬥的時候盡量專心負責支援，一直假裝自己也在戰鬥罷了。

「明天的決戰八成會是場混戰，到時候我們可沒有保護你的餘力。」

老爺毫不客氣地說我幫不上忙。

我知道他這麼說是為我好。

即使明白這件事，但他說得這麼直接，還是讓人很難受。

這可是與魔族之間的戰爭。

這次的敵人跟勇者團隊過去面對的對手不同。

勇者團隊過去對付的敵人幾乎都是強大的魔物。

是我們五個人一起挑戰一隻魔物。

我們不但有著人數優勢，還因為目標分散的緣故，我被敵人盯上的機率不高。

就算我被盯上了，也還有哈林斯會過來支援，所以危險性並不高。

但是，跟魔族之間的戰爭是多對多的集團戰。

就跟老爺說的一樣，可以預期那會是一場混戰，哈林斯也沒辦法從頭到尾保護我。

換句話說，我只能自己保護自己，但我的實力讓人放心不下。

「無論如何都不行嗎？」

「……」

聽到我哀求地這麼說，老爺一臉嚴肅地交叉雙臂。

「……我們隊伍中最不能死的人，當然是身為勇者的尤利烏斯。但是，我覺得重要性僅次於他的人是你。」

「？」

老爺說出意想不到的話，讓我嚇了一跳。

「我是個一流的戰士，哈林斯也很有才華，亞娜也是從聖女候選人之中脫穎而出的人才。但是，我們並非不可取代。」

「老爺，不可能有這種事吧。」

「就是有這種事。」

說完，老爺喝了口酒。

「我是Ａ級冒險者，但Ａ級之上還有Ｓ級。」

「可是，你是憑一己之力升上Ａ級的不是嗎？」

冒險者的等級並不完全取決於實力。

有時候會因為整個團隊受到肯定而提升等級，有時候也會因為戰鬥以外的功績而提升等級。

老爺是憑一己之力升上Ａ級的。

因為整個團隊而升上Ａ級，跟憑一己之力升上Ａ級，意義完全不一樣。

憑一己之力升上Ａ級的老爺，實力相當於Ｓ級。

如果他肯找個不錯的團隊加入，轉眼就能升上Ｓ級。

只不過，由於他在升上Ｓ級前就加入勇者團隊，所以不被人當成是冒險者，而是身為勇者後盾的教會的一員。

這樣當然不會累積身為冒險者的實績，讓他的冒險者等級停留在Ａ級。

「是啊。我應該有著相當於Ｓ級的實力吧。」

說到Ｓ級冒險者，全都是夠資格被稱作英雄的人。

那是只有極少數有才華的冒險者能夠達到的領域。

「但也就只有這樣罷了，Ｓ級冒險者不是只有一個。換句話說，還有其他實力不下於我的戰士。」

老爺堅稱那種強者並非不可取代。

「哈林斯也是一樣。亞娜也是，聖女候選人不只她一個。」

「老爺……可是……」

「當然，我們有著跟尤利烏斯並肩作戰的經驗與默契。即使是擁有同等實力的傢伙，應該也沒辦法馬上取代我們。但是，那是只要花點時間就能解決的問題。」

老爺再次傾斜酒杯，喝了口酒。

「並不是絕對不能沒有我們。」

老爺有些自嘲地這麼說。

「老爺，如果要這麼說的話，我才是最容易被取代的人不是嗎……」

雖然老爺說實力相當於S級的強者並非不可取代，但S級都是萬中選一的精銳。

雖然就跟老爺說的一樣，確實還有其他實力相當於S級的強者，但也沒辦法把他們輕易拉進勇者團隊。

畢竟冒險者通常都會組成固定的團隊，有時候也會替國家工作。

沒辦法隨便跳槽到其他地方。

相較之下，我負責的是不起眼的後勤工作，不需要特殊的才能，任何人都能辦到。

勇者團隊中最容易被取代的人毫無疑問就是我。

「你說錯了。事實正好相反，你是重要性僅次於尤利烏斯的人。」

「你不需要勉強說這種話安慰我。」

「笨蛋，這才不是安慰。你先聽我說完。」

說完，老爺往我的酒杯裡倒酒。

「你知道沒人可以取代尤利烏斯對吧？那你知道原因嗎？」

「當然是因為他是勇者。」

「沒錯。」

老爺一臉理所當然地肯定了這個理所當然的答案。

「但是，理由並非只有因為他是勇者，而是因為他是尤利烏斯。」

「因為他是尤利烏斯？」

老爺說出有如謎語般的話，讓我不由得疑惑地歪著頭。

「就算勇者死了，也會有下一任勇者被選出。但是，那就不是尤利烏斯，而是別人了。就算勇者死了也會有下一任，但尤利烏斯死了就到此結束了。」

「確實是這樣沒錯。」

「先說好，我接下來要說的只是假設，你聽了可別生氣。萬一尤利烏斯死了，有人要你繼續跟隨下一任勇者的話，你有辦法接受嗎？」

「這個嘛……」

這個問題很難回答。

我是因為尤利烏斯這個人才會選擇跟隨他，如果問我有沒有辦法立刻替不認識的新勇者賣命，我可以輕易想見自己會陷入掙扎。

「就是這麼回事，這都是因為他是尤利烏斯。」

然後，老爺繼續說了下去。

「而這點也能套用在你身上。」

「是喔……」

「你那種有氣無力的反應是怎樣……」

老爺傻眼地把酒一口喝光，替自己重新倒了酒。

「我、哈林斯和亞娜就像是道具。我是武器，哈林斯是盾牌，亞娜是恢復藥水。」

「等等，你這種說法是不是太貶低大家了？」

「我承認這是個極端的比喻。我剛才也說過，我們並非不可取代。但是，就跟尤利烏斯無可取代一樣，你也無可取代。這是因為你負責後勤支援工作，人脈廣闊。」

正如老爺所說，我經常與別人接觸。

有時候負責替勇者團隊斡旋委託，有時候負責跟冒險者公會或神言教協調事情，有時候甚至會跟提出委託的當地王族或貴族進行商談。

補給物資的時候，我也會跟商人們有所交流，也必須跟從事見不得光的地下工作的業者有某種程度的交流。

雖然我是老爺的奴隸，但還好有勇者的威名庇蔭，別人不太會隨便應付我。

雖然有時候，尤利烏斯也會在公開場合與人接洽，但實際與人接洽的次數，應該是我比較多。

「可是，這跟我能不能被取代有什麼關係？」

「如果是像我們這種只負責戰鬥的傢伙，還有其他強者可以取代。但是，人跟人之間的交流建立在長年累積的信賴關係上。就算不管這個問題，交涉與進貨的技巧也沒辦法馬上學會吧。」

「嗯，確實如此。」

別看我這樣，我好歹也在勇者團隊裡做了好幾年的後勤工作。

就算現在立刻找其他人來接替我，也不可能讓團隊好好運作。

「我們只需要去現場戰鬥就夠了，但事前準備與善後都是你的工作。正因為能把這些工作交給你，我們才能無憂無慮地專心戰鬥。一直支撐著我們活動的功臣毫無疑問是你。」

「能聽到你這麼說，我很高興。」

我真的有種得到救贖的感覺。

因為在世人對勇者團隊的評價中，就只有我的評價不太好。

尤利烏斯當然超受歡迎，哈林斯也長著一張帥臉，很受女性歡迎。

亞娜也靠著表裡如一、認真且善良的個性而受人喜愛。

老爺也得到許多成年人的肯定。

相較之下，對我的評價就很過分了。不是「管道具的」，就是「只會丟飛刀的傢伙」，要不然就是「好像有這個人」……

咦？奇怪？眼淚怎麼流下來了……

雖然我也明白自己的工作很不起眼，但想到自己這麼不受歡迎，還是會感到沮喪。

如果只是不受歡迎就算了，其中甚至還有對我的誹謗與中傷。

「區區奴隸還敢巴結勇者」這類懷著妒意的中傷或多或少都是存在的。

畢竟連我自己都覺得太誇張了。

出身於公爵家又是尤利烏斯兒時玩伴的哈林斯，還有被選為聖女的亞娜，以及憑一己之力升上A級，身為頂尖冒險者的老爺。

除了我之外，大家都是很了不起的人。

那些誹謗會集中在我這個唯一不起眼的人身上也是沒辦法的事。

正因為如此，有人願意認同我的功勞，對我來說是很大的救贖。

「跟我們交情匪淺的所有人都很明白你的功勞，你可以挺起胸膛。」

「如果我可以這麼做就好了……」

我沒有什麼能引以為豪的事情。

我沒有哈林斯那種高貴的身分，只是個奴隸。

我也不像亞娜那樣，是從許多人之中脫穎而出的。

也沒辦法像老爺那樣用實力讓別人閉嘴。

我什麼都沒有。

「你竟然說這種話……怪盜千把刀的名號會哭泣喔。」

「拜託你別提那件事了……」

怪盜千把刀是我以前的外號。

「是嗎？我覺得就某種意義來說，你是我們之中最出名的人。」

老爺笑嘻嘻地這麼說。

怪盜千把刀這個名號確實廣為人知。

我被人稱作怪盜千把刀，是變成老爺的奴隸以前的事情。

當時的我專偷做壞事的貴族與商人的家。

然後透過管道把偷來的東西換成金錢，用那些錢買食物，匿名送給孤兒院之類的地方。

這些事蹟在市井小民之間傳為美談，而且廣受歡迎，甚至還變成舞臺劇與吟遊詩人歌曲的題材。

因為這個緣故，我這個怪盜千把刀的外號變得廣為人知，以一介盜賊的身分成了名人。

拜此所賜，我幸運遇到了一些願意支援我的狂人，但也有些人因此對我有點感冒……

人變得出名也不見得是件好事。

一旦變得有名，就會被人提防，變得不容易行動，結果我最後就在調查人口買賣組織時被抓了。

然後，我就這樣被當成奴隸賣，然後被老爺買下來，變成了現在這樣。

「我那時候還太年輕了。」

事到如今，怪盜千把刀這個外號只讓我感到羞恥。

「不管有什麼樣的藉口，我的行為都只是偷東西罷了。」

「我倒覺得那很了不起。因為你去偷東西，讓許多貴族與商人做的壞事曝光，並且因此受到了制裁。而且也有很多孤兒受惠於你贈送的物資。」

「說得也對。我也覺得那是好事。」

「那不就好了嗎?你可以感到驕傲。」

被老爺這麼激勵，我露出苦笑。

「只要看到尤利烏斯，我就驕傲不起來。」

老爺似乎一時之間想不到該怎麼回答，只能閉口不語。

「尤利烏斯太厲害了。」

雖然稱讚一個人的詞彙有很多種，但說出一堆那種詞彙並沒有意義。只需要一句很厲害就夠了。只要看到尤利烏斯，我就有這種感覺。

「只要看到尤利烏斯，就能切身體會到勇者到底是什麼樣的人物。」

「是啊。」

老爺似乎也同意我的說法。世上沒有比尤利烏斯更適合勇者這個稱號的人了。

貫徹自己相信的正義。

正因為他從小就一直在做這件事，才令人感到敬佩。

「比起尤利烏斯所做的一切，我的所作所為只不過是逃跑罷了。」

我沒有正面對抗惡勢力的勇氣。

所以，我只能走上名為盜賊的邪道，避免走正道對決。

雖然我並不後悔自己做過的一切，但尤利烏斯肯定不會訴諸於偷竊這種姑息的手段，而會選擇正面挑戰惡勢力吧。

無論那條路有多麼艱難亦然。

想到這裡，我就對自己做過的一切感到羞愧。

我過去的行為只算得上偷竊，那些事蹟或許只能稱作偽善。

只要看到不是冒牌貨，而是真正正義之士的尤利烏斯，我就沒辦法不這麼想。

「原來如此。」

我結結巴巴地說出自己的想法後，老爺一臉贊同地點了點頭。

「我不否定你的想法。但是，我也沒辦法全面肯定。每個人都有自己擅長和不擅長的事情，尤利烏斯擁有足以正面挑戰惡勢力的力量。因為你沒有那種力量，所以才在自己力所能及的範圍內努力，這樣不就夠了嗎？」

「你這種看法確實也有道理……」

尤利烏斯是王族兼勇者。
相較之下，我只不過是個盜賊。
如果要面對那些貴族，地位差距實在太過懸殊了。
不管我怎麼規勸他們不要做壞事，他們也不可能聽進去。
而且就算我選擇正面對抗那些貴族，也只會被狠狠修理一頓罷了。
「不過，就算把我的弱勢之處也考慮進去，我當時還是太年輕了。」
即使我自己沒有戰鬥的力量，也應該能去做些比竊盜更好的事情。
當我開始負責勇者團隊的後勤工作後，我更切身體會到這件事。
我沒有正面擊敗做壞事的貴族與商人的力量。
可是，既然我辦不到的話，只要交給有能力的人去做就行了。
連這麼簡單的道理都想不通，我跑去當起盜賊。
就算我自認那不是壞事，竊盜依然是犯罪行為。
即使有人因此得到救贖，我的行為也依然是犯罪。
「你這傢伙還真是固執……」
老爺傻眼地嘆了口氣。
「我這人就是這樣。」
「呵。」

老爺保持著傻眼的表情笑了出來。

「糟糕，話題好像扯遠了。」

「……你是不是喝太多，早就已經醉了？」

明天明明就要決戰了，但在我看著他喝以前，老爺就已經喝了不少。

「混帳東西！不先喝點酒要怎麼上戰場啊！」

「不，要是喝醉就糟了吧。我覺得不喝酒才是對的。」

「我的酒量可沒差到喝這一點就會醉。」

我覺得這不是可以自信滿滿地說出來的事情……

「不管別人說什麼，我都要喝酒。畢竟沒人知道自己什麼時候會再也喝不到酒。」

「老爺，這種話還是……」

「凡是以戰鬥為業的傢伙，都必須做好這樣的覺悟。這你應該也明白吧？」

「……有道理。」

我身為勇者團隊的一員，當然也會上戰場。

戰鬥能力遜於其他隊員的我，有好幾次都差點死掉。

如果這種事情一再發生，我總有一天會死。

我對此深信不疑。

就連盡量都只待在後方支援的我都會這麼想了。

總是擔任前衛戰鬥的老爺，應該比我還要更能感受到死神的存在吧。

「即使是尤利烏斯，我也不曉得他這次能不能活著回來。你的人脈對他來說是不可或缺的。然後，要是有個萬一，連尤利烏斯都戰死了，你的存在應該會給下任勇者帶來很大的幫助。」

所以你留下來吧。老爺就是這個意思。

可是……

「老爺，我果然還是要跟你們一起去。」

「……無論如何都要去嗎？」

「無論如何都要去。」

老爺傻眼地搖了搖頭，一口氣喝光杯子裡的酒。

「我就知道你會這麼說。」

「真是不好意思。」

雖說只是形式上的關係，但我也覺得奴隸不聽主人的話不太妥當，不過就只有這件事，我無法退讓。

因為我也有身為勇者團隊一員的自尊。

不能自己一個人厚著臉皮逃跑。

身為勇者團隊的一員，我早就做好投身於前所未有的激戰的覺悟了。

「老爺，你說我是個不可或缺的人，真的讓我很開心。可是，你口中那些不可或缺的能力，正是為了尤利烏斯而存在。雖然我不是哈林斯，但我覺得如果自己要死，就得比尤利烏斯早死才行。因為要是沒有尤利烏斯，我們就失去存在意義了。」

雖然老爺說要是尤利烏斯有個萬一，我就要助新任勇者一臂之力，但我覺得那種事發生的機會不大。

很多人都是因為他是尤利烏斯，才願意出手幫忙。

我也是其中之一。

雖然不曉得新任勇者會是誰，但如果叫我立刻助他一臂之力，我應該不太能接受。

既然如此，那我就要盡最大的努力，讓尤利烏斯能夠活著回來。

我覺得這是唯一的辦法。

即使結果會導致我的死亡，我也在所不惜。

「你這傢伙還真是固執……」

「我這人就是這樣。」

因為剛才也有過幾乎一模一樣的對話，我們同時笑了出來。

老爺沒有繼續嘗試說服我。

他肯定也知道我不會點頭吧。

即使如此，他還是這樣勸我，這只是為了告訴我還有這條路可走。

真是的，這根本不是一個奴隸的主人該顧慮的事情。

正因為老爺是這種人，我才能安於奴隸這個身分，一直待他身邊吧。

「老爺。」

「嗯？」

「非常感謝你的照顧。」

「喂，別說了。上戰場前千萬別說這種話，這樣很不吉利。」

在上戰場前感謝別人平時的關照，會給人一種不打算活著回來的感覺，所以被認為是一種不吉利的行為。

即使如此，我還是覺得現在應該說出這些話。

「老爺，要是你覺得我會扯大家的後腿，就別猶豫，捨棄我吧。」

「喂！」

「我的任務是讓勇者團隊能夠放心戰鬥。所以，我無論如何都不能扯你們的後腿吧。」

「……」

「所以，請你把眼前的戰鬥看得比我還重，而且還要把尤利烏斯擺在第一位。」

「……我明白了。」

老爺閉上眼睛交叉雙臂，心不甘情不願地答應我的要求。

「好啦，那酒會也差不多該結束了。」

準備好的酒已經被老爺喝光，下酒菜也吃完了。

就時間上來說，也差不多該結束酒會，為備戰養精蓄銳了。

「是啊。」

「霍金。」

老爺一邊起身，一邊喊了我的名字。

「你依然是個不可或缺的人。我要你記住這件事情。」

「……我會的。」

說完，老爺就離開房間了。

我還沒有遲鈍到聽不出來他是在拐著彎叫我「別死」。

「老爺，你也是……」

我對著老爺已經消失的背影小聲呢喃。

Hawkin

霍金

本名是霍金。由於他出身平民，所以沒有姓氏。他是過去曾經有著「怪盜千把刀」這個稱號的知名盜賊，是專對貪汙瀆職的貴族與富商下手行竊，然後把贓物分送給貧苦人民的義賊。可是，他在調查人口販賣組織時失手被捕，結果淪落為奴隸。自被吉斯康買下後，就成了他的奴隸。

雖然他在名義上是吉斯康的奴隸，但雙方是對等的關係。儘管他是勇者團隊中戰鬥能力最弱的一員，卻一肩扛起各種雜務，做出許多貢獻，是背後的大功臣。

亞格納

命運——

每個人該走的路打從出生就已經決定，而且無法違背。

不管是好事還是壞事，全都是命中注定。

無聊的想法。

可是，雖然我不相信命運，人類無法反抗的潮流卻也確實存在。

我的人生一直都在反抗這樣的潮流。

為了讓逐漸步向滅亡的魔族得以存續，我一直都在反抗。

雖然現在成了魔族中資歷最深的老將，但我剛出生沒多久的時候，當然也只是個年輕小伙子。

而魔族的命脈當時就已經是風中殘燭了。

與人族之間過於漫長的戰爭，已經足夠讓魔族耗盡國力。

人族與魔族的整體人口數差太多了。

雖說魔族的能力值比人族優秀，但如果從連歷史書都搞不清楚開端的遠古時代就一直在打仗，不用想也知道勝敗的天秤會傾向哪一邊。

如果繼續跟人族打下去，戰敗只不過是時間的問題。

不但如此，就算放著不管，魔族也沒辦法重新振作起來，總有一天會滅亡。

差別只在於時間早晚而已。

可是，除了我之外，誰也沒有注意到這件事。

不，儘管他們發現了，還是假裝視而不見。

大家已經看見魔族的未來了。

不過，那終究是未來的事情。

問題還不會發生，悲劇不會發生在自己生存的年代。

既然如此，那維持跟過去一樣的方針就是比較輕鬆的選擇。

不管在什麼時代，變革總是很難被人接受。

如果該做的變革是為了避免遲早會到來的破滅，我也不是不能理解他們想要移開視線的心情。

更重要的是，名為魔王的存在不允許變革。

魔王就是系統的傀儡。

也可以說是犧牲品。

魔王是不得不逼迫魔族向人族開戰的傀儡兼犧牲品。

亞格納

不光是身為敵人的人族，還不得不受到身為同伴的魔族怨恨，是個可悲存在。

但是，其影響力對魔族來說不容忽視。正因為有魔王存在，魔族才無法停止與人族打仗。

這也是理所當然的事。

比起魔族的命運，世界的命運更重要。

根本不需要考慮。

就算魔族滅亡了，世界也還會存在，但要是世界滅亡了，魔族也無法存續。

不用想也知道該以何者為優先。

雖然對走向滅亡的我們來說，這種事讓人難以忍受，但這在大義之前也只不過是小事罷了。

正因為明白這個道理，儘管心懷不滿，魔族也還是一直跟隨著魔王。

其實是不得不跟隨才對。

儘管心有不甘，我也只能盡量壓低戰爭對魔族造成的損害。

難道我只能坐以待斃，眼睜睜看著魔族走向滅亡嗎？

在違抗潮流的同時，我深深感受到無法違抗潮流的憤怒、嘆息與絕望。

可是，由於魔王失蹤這個意想不到的時代來臨，局勢出現了變化。

在身為魔族的頂點的同時，魔王也是系統的廣告塔。

魔族為何不得不與人族戰爭？

讓魔族明白這件事的理由，就是魔王首要的存在意義。

魔族不光是因為無法抗拒的權力而追隨魔王，也是因為得知了名為系統的殘酷真相，才會吞下苦水主動赴戰。

但是，只有能夠實際謁見魔王的高階魔族知道真相。

這樣就已經足夠了。

即使是現在，我也能清楚想起前前任魔王大人那張充滿狂氣的臉孔。

「我要贖罪……」

這是前前任魔王大人的口頭禪。

自從得到魔王這個稱號後，那位大人就徹底變了個人。

原因是取得魔王這個稱號時，同時取得的「禁忌ＬＶ10」這個技能。

前前任魔王像是被某種東西逼入絕境一樣日漸憔悴，不但逼迫我們打仗，還會主動率先踏上戰場。

知道這位暴君在就任魔王以前是個和善好人的人，現在已經不多了。

一旦親眼見識過他改變的程度，就很難把他口中的系統當成戲言一笑置之。

而一旦高階魔族選擇跟隨魔王大人，讓更多高階魔族也跟隨魔王，底下的魔族們就會跟著跟隨。

即使那種行為會讓魔族的命脈受損，我們也還是會跟隨。

魔族就是這樣的種族。

但是，因為前任魔王下落不明，系統的廣告塔不見了，讓魔族的想法出現了變化。

大家終於發現，我們根本沒有繼續跟人族打仗的餘力。

在那以前，魔族一直屈服於歷任魔王的狂氣，持續跟人族打仗。

但是，一旦沒有了魔王，大家也就恢復了理智。

就算有人說只要不繼續打仗，世界就會陷入危機，但如果最努力宣傳這件事的魔王不在了，大家當然會把目光從還看不見的未來危機移到眼前的危機。

在魔王失蹤的期間，我們盡量避免與人族爭鬥，把心力擺在復興上。

時代站在我這一邊。

這足以重新點亮我心中快要熄滅的希望之光。

而下一個當上魔王的人十之八九會是我。

如果能在魔王失蹤的期間，以及由我擔任魔王治理魔族的期間，連續兩代推動復興，就能讓魔族的命脈延續不少時間。

即使如此，也只能延命。

而且一旦我當上魔王，也有可能變得跟前前任魔王一樣。

不過，為了預防那種事情發生，我已經事先命令可以信賴的親信，萬一我改變了，就把我軟禁起來，努力推動復興工作。

軟禁地點也準備好了。

因為我想把力所能及的事情全部事先做好。

可是，因為某件意想不到的事情，讓這一切都變成了徒勞。

被選為魔王的人不是我。

如果只是這樣的話，雖然可說是計算錯誤，也還不至於超出我的預料。

沒人知道系統選擇魔王的標準是什麼。

雖然我覺得自己的機會最大，但這並不代表沒有其他合適的人選。

像是巴魯多等人也有機會被選上。

可是，被選為魔王的傢伙，並不是我所預期的任何一個人。

我甚至不知道有這個人存在。

不，其實我知道這個人的存在。

我知道神話故事裡有這麼一號人物。

很久很久以前，曾經有一隻侍奉過女神的最古老神獸。

那就是現任魔王愛麗兒大人。

她是出現在神話故事裡的人物，就連是否真實存在都令人懷疑。

更重要的是，我不敢相信這號人物竟然會活到現代。

她的外表像是個未成年少女，卻突然說自己是魔王，讓我一時之間無法相信。

老實說，在感到懷疑以前，我先是感到困惑。

畢竟一位陌生少女突然跑來說她當上魔王了，還說她的真實身分就是神話故事中的最古老神獸，會困惑也很正常。

可是，她應該是早就預料到我會有這種反應，便拿出鑑定石，讓我鑑定她。

看到鑑定的結果後，我就再也無法懷疑她所說的話了。

能力值全都在九萬左右。

還有數量驚人而且等級也高的技能。

據說只要能力值破千，就表示一個人擁有足以被稱作英雄的實力。

能夠達到那種境界的人族屈指可數，即使是號稱能力值優於人族的魔族，那也不是容易達到的境界。

如果是魔王或勇者那種天選之人，有時候也會擁有這個的兩倍甚至三倍的能力值。

但九萬這種離譜的數值，我不但沒看過，也從來不曾聽說過。

而且技能的量也至少是尋常士兵的一倍以上。

不過，值得注意的不是技能的量，而是技能的質。

技能等級越是提升，技能就會變得越難升級。

光是要把一個技能的等級練到最高，就必須耗費人生的大半時間去鍛鍊。

如果沒有才能的話，就連要把等級練滿都辦不到，這不是什麼罕見的事情。

即使擁有才能，也有許多技能永遠不可能練到極致。

然而，她卻擁有非常多練到封頂的技能。

我愣住了。

我這輩子從來不曾那樣懷疑自己的眼睛，也從來不曾那麼失魂落魄。

然後我絕望了。

我考慮到各種可能性，事先做好準備，致力於推動復興。

但是，愛麗兒大人當上魔王這件事，實在太令人意想不到了。

魔族復興計畫好不容易才出現一絲曙光。

但愛麗兒大人的施政方針卻是跟人族全面開戰，把整個計畫推進地獄深淵。

儘管歷代魔王都成了系統的傀儡，卻還是堅守著「魔族的存亡」這最後一線。

而愛麗兒大人卻連那一線都敢跨越。

愛麗兒大人是魔王。

真正的魔王。

對我來說，她也是帶來絕望的使者。

就個體的戰力而言，愛麗兒大人毫無疑問是全世界最強的人。

有能力對抗她的人，恐怕就只有管理者或波狄瑪斯了。

她仰仗自身的戰力，逼迫我們魔族前去赴死。

如果這不叫做絕望，又該叫做什麼？

我們無法拒絕。

要是拒絕的話，愛麗兒大人的獠牙就會咬向我們。

她不是會為此躊躇不前的人。

早在愛麗兒大人當上魔王時，我們魔族就只剩下兩條路可走了。

不是聽從愛麗兒大人的指示跟人族全面開戰，就是跟愛麗兒大人對決。

只能二選一。

而我選擇了後者。

我就坦白說吧。

那是個糟糕的決定。

對付愛麗兒大人一個人跟對付整個人族，到底何者才是正確的選擇。

乍看之下，會因為只要擊敗一個人就行，就覺得愛麗兒大人比較好對付。

錯了，事情絕非如此。

魔王與勇者的戰力都相當於一支軍隊。

能力值超過一倍就是這麼回事。

而愛麗兒大人的能力值是魔王與勇者的幾十倍。

別說是一支軍隊了。

她甚至可以憑一己之力毀滅世界。

不光是整個魔族，就算結合全人族的戰力向她挑戰，我也無法想像我們戰勝她的光景。

如果要挑戰愛麗兒大人的話，還不如挑戰人族來得有勝算。

但是，儘管明知如此，我還是做了糟糕的決定。

我不得不做那樣的決定。

因為即使我們戰勝人族，只要愛麗兒大人還是魔王，魔族總有一天仍會滅亡。

那可不是會在遙遠的未來造訪的結局，而是會在不久的將來發生的悲劇。

我一直努力反抗潮流，拚命想讓魔族延後滅亡。

我原本認為那件事至少不會在我活著時發生，但現在卻變得有機會在我眼前發生了。

我無法容許這種事情。

如果我容許了，就等是否定了我至今為止的人生。

我的理智明白這是個無謀的決定。

可是，這並不是出於理智做出的決定。

局勢可說是近乎死局。

即使明知這是錯誤的決定，我也不得不這麼做。

而錯誤的決定果然是錯誤的決定。

我的計畫理所當然失敗了。

而且成果還遠遠低於我的預期。

亞格納

我煽動前第七軍軍團長華基斯，讓他組織叛軍，還讓波狄瑪斯也參了一腳。
波狄瑪斯是在我能接觸到的對象中，唯一有機會戰勝愛麗兒大人的人。
雖然我的計畫是讓他們兩個對決，但叛軍輕而易舉就被鎮壓，波狄瑪斯也沒能派上太大的用場。
別說是讓他們對決了，愛麗兒大人甚至沒從魔王城走出一步。
因為愛麗兒大人根本不需要親自出馬。
別說是擊敗愛麗兒大人了，我的計謀甚至連讓她親自出馬都辦不到。
最後甚至連我暗中操控叛軍和波狄瑪斯的事情都被看穿。
而且我還收到最後通牒，剩下的路就只有戰勝人族了。
光是沒有當場被砍下腦袋就已經算我好運了。
……不，那真的算是好運嗎？
只要我還活著，就能在力所能及的範圍內努力延續魔族的命脈。
可是，那麼做已經變成徒勞了。
只要愛麗兒大人還在，魔族的滅亡就無法避免。
愛麗兒大人從遙遠的過去一直活到現代，幾乎等於長生不死。
而能夠永遠活下去的愛麗兒大人，會一直將魔族帶往戰爭。
那將是無法逃離的破滅。

而我無法改變這個結局。

我沒有足以改變這件事的力量。

即使明知自己做的一切都是徒勞無功，也還要繼續掙扎，這到底有什麼意義？

被人砍下腦袋，以輸家的身分乾脆地結束生命，不是還能成就有終之美嗎？

就算想這種問題也沒用。

我還活著。

既然如此，那就只能跟過去一樣，做自己覺得最好的選擇。

人一旦上了年紀，就很難改變自己的生存之道。

結果我還是只能繼續反抗潮流，直到死去的那一刻。

我不需要什麼有終之美。

既然如此，那就讓我在泥濘中掙扎，咬緊牙關繼續奮鬥吧。

「……」

有個男子正一臉不悅地看著遠方的要塞。

「布羅，冷靜點。」

我向那名男子搭話。

「我很冷靜。」

儘管嘴巴上這麼說，布羅的腿卻抖個不停。

看起來一點都不像是冷靜的樣子。

「就算你擔心著急，戰況也不會改變。身為一個將領，展現出從容不迫的態度也是你重要的工作。看看周圍吧，你的部下們都露出不安的表情了。」

聽到我這麼說，布羅環視身旁部下們的表情。

布羅的部下們都對主將著急的模樣感到不安，情緒顯露在了臉上。

有什麼樣的主人就有什麼樣的部下。

他們都不擅長隱藏自己的態度與表情。

「……抱歉。」

發現自己的態度對部下們造成不好的影響後，布羅一臉抱歉地道歉。

「沒關係，反正你那些身在前線的部下應該也看不見你難堪的模樣吧。」

「嗚！」

布羅發出強忍著羞愧的聲音。

布羅率領的第七軍跟我率領的第一軍，目前正在攻打庫索利昂要塞。

庫索利昂要塞在人族要塞之中算是特別難攻打的一個，就地理位置上來說也是個重要據點。

相較於其他軍團長都是率領一個軍團攻打各個要塞，我們這邊卻投入了兩個軍團，由此可見攻打庫索利昂要塞有多麼困難。

但是，目前只有第七軍在發動攻勢。
而且還是不顧一切地瘋狂攻擊。
用那種方式攻打要塞，當然會造成極大的傷亡。
庫索利昂要塞不是一朝一夕就能打下來的要塞。
這座長年阻擋魔族入侵的要塞，隨著時代變遷不斷擴建，建了好幾道城牆。
如果想用尋常手段攻略，就得動員至少超過守軍一倍的兵員，耗費數個月，甚至是數年的時間打仗。
人數居於劣勢的魔族不可能動員超過守軍一倍的兵員，即使擁有能力值上的優勢，也會被名為城牆的地形優勢抵銷。
而且現在的魔族沒有能夠打長期戰的餘力。
因為國家課了重稅，還從人民身上榨取糧食等物資，我們有著一定程度的儲備物資。
可是，人族的儲備物資比我們更多，永續生產力也不是魔族所能比擬。
就人員的補充來說，相較於已經幾乎不可能繼續徵兵的我方，只要號召其他國家，人族應該還能派來更多援軍。
打長期戰是沒有勝算的。
所以，我們的目標是短期決戰。
可是，勉強發動攻勢就得付出相對的代價。

第七軍死傷慘重。

他們的任務並不是靠著拚死一搏殺開血路。

第七軍的任務是演一場盛大的戲，擔任引出敵人的誘餌。

因為勉強發動攻勢，第七軍死傷慘重。

可是，多虧了他們的犧牲，敵軍受到的損失也不小。

既然如此，那敵人應該會上鉤才對。

為了那一刻的到來，第一軍只需要保留實力就行了。

雖然對不起擔任誘餌的第七軍，但這也是沒辦法的事。

布羅正是因為明白這點，才會儘管心懷不滿，也沒有反對這個作戰計畫。

第七軍是由先前發起叛變的士兵所組成。

雖然他們在發起叛變前就被鎮壓，實際上算是叛變未遂，但差別其實並不大。

但是，就是因為這細微的差別，讓身為主謀的華基斯被處死，卻沒有殃及到士兵。

……至少表面上是這樣。

由現在被派到前線擔任誘餌這件事，就能看出第七軍實際受到的待遇。

他們其實只是可以用過就丟的好用棄子。

這些士兵過去曾經發起叛變。

只要把這些士兵交給平時就會頂撞愛麗兒大人的布羅，對愛麗兒大人心懷不滿的危險人物就會自然聚集到他身邊。

只要是頭腦不算太差的人，在看到華基斯和涅雷歐被處死，以及我對愛麗兒大人畢恭畢敬的樣子後，就會發現反抗愛麗兒大人是愚蠢至極的事情。

而沒能明白這個道理的人，全都被塞給布羅了。

一切都是被設計好的。

不管布羅最後選擇率領那些人發起叛變，還是壓制他們聽命於愛麗兒大人，對愛麗兒大人來說都是有好無壞。

如果他們發起叛變，就擊潰他們殺雞儆猴，順便用來補充系統的能量。

如果他們選擇順從，就當成戰力徹底壓榨。

而布羅成功壓制住他們，沒讓他們爆發不滿，直到今天都一直掌控著這支軍隊。

他的手段值得讚許。

可是，布羅太容易感情用事了。

正面反抗愛麗兒大人的次數也太多了。

那種過於正直的個性受人利用，才會讓他變成一群棄子的老大。雖然這是場災難，但也是他自作自受。

然而，儘管陷入走投無路的困境，肩上扛著一堆別人硬塞的麻煩，他也沒有自暴自棄，一直成功掌控著第七軍。

他其實是個認真的男人。

而且還是個重感情的男人。

正因為如此，他才會發自心底替正在賣命的第七軍士兵擔心，為他們的死感到悲傷、憤怒與焦慮。

暗自祈求敵人快點上鉤。

「布羅，敵人好像上鉤了。」

正因為如此，我才會立刻告訴他這個好消息。

「！」

「快準備吧。」

面對猛然抬起頭的布羅，我只做出這樣的指示。

我們的目的達成了。

可是，這只不過是第一階段的目的。

讓第七軍受到嚴重的傷亡，才總算釣到了我們的獵物。

接下來才是重頭戲。

如果沒能擊敗上鉤的獵物，我們就沒有勝算。

「勇者出現了。」

勇者是人族的希望。

我們要在這裡拿下他的首級，重挫人族的士氣。

我沒能拿下身為魔王的愛麗兒大人的首級。

就跟當時一樣，現在這也是個糟糕的決定。

可是，我不得不做出這樣的決定。

因為我也跟布羅一樣，背負著既是場災難，但也是自作自受的原罪。

亞格納

V
魔族軍第一軍
亞格納
魔族軍第七軍
布羅
庫索利昂要塞
勇者團隊
吉斯康
霍金
哈林斯
尤利烏斯
亞娜

庫索利昂要塞攻略戰的重點整理！

這裡是小白的解說專欄！

上校和小混混兩個人一起攻打的這座要塞，並沒有值得一提的地方！

咦？你說應該會有什麼地形特徵才對？

不，你錯了。

在這種情況下，沒有特徵才是重點！

既然是沒有任何地形特徵的平原，就表示行軍並不困難。

地形容易讓大軍行動，就表示那裡是個重要的地方。

因為以人族的角度來看，如果不守住那裡，敵人的大軍就能大舉入侵。

其他地方都不重要，只有這裡絕對要死守。

這座庫索利昂要塞就是這樣的地方！

正因為這個據點如此重要，我們才會派出上校和小混混率領兩個軍團前去攻打。

而這點對人族來說也是一樣，要塞裡的守軍遠多過其他地方。

而且人族的最強戰力——勇者也被派來防守這座要塞。

在純粹的魔族之中最強的上校，對上象徵人族的勇者。

這將是場關鍵戰役。

就算說這一戰會決定這場戰爭的勝敗也不為過。

就連身為觀眾的我都忍不住握緊了拳頭！

……話說回來，這座要塞就不能改個名字嗎？

吉斯康

我會當上冒險者，純粹只是偶然。

也可說是順其自然的結果吧。

一個毫無門路的小鬼頭想要正當賺錢，最快的方法就是去當冒險者，理由就是這麼簡單。

我出生的故鄉是個偏僻的地方。

那是連村子都算不上，只蓋了幾間破屋子的窮酸地方。

那裡甚至連用來阻擋魔物的外牆都沒有，只能依靠用幾乎毫無意義的細樹枝打造的柵欄防守。

居民遲早會死於魔物或盜賊之手。

然而，他們卻覺得既然過去沒出事，那將來也不會出事，抱持著這種莫名其妙的自信，不打算脫離那樣的生活。

那明明就是錯誤的想法。

正因為明白這點，我才會在還是個小鬼的時候，就獨自離開故鄉，當上冒險者。

起初，我連要滿足一天的生活都很困難。

畢竟我還只是個小鬼。

雖然冒險者的主要工作是削減魔物的數量，但小鬼頭不被允許接那種工作。

魔物會因為殺死人類而迅速提升等級，視情況而定，有時候甚至還會進化。

因為這個理由，才會制定出避免讓冒險者戰死的制度。

為了避免小鬼頭和菜鳥做出無謀的事情，把適當的工作分派給適當的對象就是冒險者公會的任務。

雖然任何人都能當上冒險者，但也不是任何人都賺得到錢。

雖然最好賺錢的工作是討伐魔物，但我還是個小鬼時接不到那種工作，只能做些類似打雜的工作。

一整天四處奔走，得到微不足道的酬勞，然後全部用在取得當天的食物與住處上。

這種生活一直持續著。

像我這樣的流浪兒童當上冒險者，並不是什麼罕見的事情。

而這種傢伙通常都忍受不了這樣的生活，最後會做出扒竊之類的輕微犯罪行為，就此墮落下去。

雖然在我看來那是愚蠢至極的傻事，但工作一整天才能賺到的錢，只要扒竊一次就能得到。

因為嚐過那樣的甜頭而就從此走上歪路的傢伙，可說是多不勝數。

不過，那些傢伙幾乎都撐不到下一年。

吉斯康

雖然扒竊或許是一種輕鬆賺錢的方法，但取得那種骯髒錢的代價，是得犧牲往後的人生。

雖然那些傢伙都在嘲笑認真工作的我，但在我看來，那些傢伙比我蠢多了。

我不是因為扒竊是壞事才不願意去做。

而是因為覺得不划算才不願意去做。

就算能在短時間內賺到很多錢，以後也有很高的機率被抓去坐牢。

雖然很多人都覺得自己不會被抓，懷著莫名其妙的自信繼續當扒手，但他們不可能不被抓。

我故鄉的那些人也是一樣。為什麼人總會覺得自己比較特別？

結果，我的故鄉被盜賊毀滅，那些當扒手的傢伙也全都被抓了。

我不認為自己是特別的人，只是一直避開風險而已。

我跟他們之間的差別就只有這樣。

沒想到這樣的我居然會成為知名冒險者，還變成勇者團隊的一員。

就算把這件事告訴小時候的我，他應該也不會相信吧。

畢竟我自己就是感到最驚訝的人。

雖然我當上冒險者只是偶然，但看來我似乎很適合這份工作。

大家都說我是擅長使用多種武器的武器專家，但想到自己變成這樣的理由，我就會忍不住苦笑。

我之所以會練就使用好幾種武器的本領，純粹是因為沒有武器。

明明沒有武器，卻會使用好幾種武器，這到底是怎麼回事？

聽到我這麼說的傢伙通常都會這麼問我，但簡單來說，就是因為我沒有一把正常的武器，總是撿冒險者前輩的舊武器，還有快要不能用的破爛武器來用。

因為我沒有錢。

情況不允許我東挑西揀，不管什麼武器都得拿來用。

因為那些都不是店裡賣的可靠武器，所以壽命都不長，讓我不得不把各種武器當成消耗品來用。

拜此所賜，我的收入開始變得穩定，當我總算買得起正常武器的時候，已經精通各種武器了。

這是個如果崇拜我的年輕冒險者知道真相，肯定會感到幻滅的無趣故事。

在年輕冒險者之間，模仿我同時使用多種武器，似乎已經變成了一種流行。

連我都不知道這樣到底是好還是壞。

同時使用多種武器的優點和缺點非常顯著。

優點是應變能力會有所提升。

對付不同種類的魔物時，有效的攻擊手段也會有所不同。

斬擊、打擊、刺擊、衝擊……

有些屬性有效，有些屬性沒效。

如果可以確實注意到這點，使用有效的武器前去挑戰，就能讓戰鬥變得輕鬆許多。

至於缺點則是技能升級速度會變慢、身上裝備會變多，以及武器維修費增加和保養工作麻煩等等。

如果要提升技能的等級，持續使用同一種武器當然比較好。

如果同時使用許多種武器，必須鍛鍊的技能就會變多，技能提升的幅度也會分散。

如果讓實力同等級的劍士冒險者跟我比試劍術，輸家應該會是我吧。

而且還有裝備會變多的問題。

雖然有必要視情況臨機應變切換武器，但這樣就必須隨時帶著好幾種武器在身上。

只要使用附加了空間魔法——空納效果的容器，就能解決這個問題，但附加了空間魔法效果的道具全都很昂貴。

因為這種東西數量稀少，需求卻很大，所以即使價格不斐，只要出現在市場上，也會立刻銷售一空。

然後價格就會繼續提升，變成一種惡性循環。

但是，我身上帶著霍金用便宜價錢買到的這種道具。

拜此所賜，我不需要背著大量武器也能上戰場。

在那之前，我可真的隨時揹著沉重的武器……

我得感謝霍金才行。

只不過，就算解決了攜帶的問題，也得耗費高昂的武器維持費用，而且不能疏於保養。
因為武器是保護自己生命的夥伴。
為了避免因為疏於保養，導致武器在戰鬥時損壞，讓自己遇到危險，就必須讓武器隨時保持在最佳狀態。
當我還是新手的時候，總是使用破爛武器，所以非常明白那有多麼危險。
正因為有過這種經驗，才會造就現在的我。不過，武器還是得用可靠的東西才行。
而如果想要弄到可靠的武器，就必須花很多錢。
保養工作也是一樣。
武器的價格與其性能成正比。
一旦成為我這種等級的冒險者，就非得使用品質在某種程度以上的武器不可。
如果不是承受得住我的能力值的武器，就會變成每用一次就得買新的。
雖然冒險者變得越強就能賺得越多，但不得不花在裝備上的費用也會變多。
那種貴得要死的裝備，我還得準備好幾組。
只是貴還不行。
還必須是請可靠的工匠製作，並且由他們負責保養的武器才行。
而跟那些工匠之間的聯繫工作，也是由霍金幫我完成的。
雖然我是在因為某個國家的委託而接觸到人口買賣組織時，買下了偶然見到的霍金，但我現在可以斬釘截鐵地說，那是我人生中最正確的決定。

如果沒有霍金，我現在八成早就破產了吧……

我加入勇者團隊的理由，是因為開始感受到單獨活動的極限。

那並不是謊言。

但是，世人都以為我是因為感受到實力上的極限，覺得沒辦法繼續孤身戰鬥，才會開始找尋配得上自己的同伴。

雖然不是沒有其他單獨活動的冒險者，但那種傢伙通常都成不了大器。

因為冒險者這種職業需要投身於總是與死亡為伴的戰鬥，單獨行動的風險實在太高了。

不同於就算有一個人出差錯，也有同伴能協助支援的團隊，單獨行動的冒險者只要出了點小小的差錯，下場就等於死亡。

即使是組隊行動就能輕易戰勝的對手，單獨挑戰時的難度也會暴增。

正因為如此，冒險者才會找實力相近的同伴組成團隊。

但我向來都是單獨行動。

我並非對單獨行動有所堅持。

只是因為我出道時是個小鬼頭，身上沒有錢，沒人願意跟我組隊。

我就這樣持續單獨行動，在不知不覺間升上A級，結果反倒找不到其他實力相近的冒險者了。

就跟我成為冒險者的理由一樣，一切都只是偶然的結果。

但其實這樣就夠了。

幸好我的實力足以單獨對付絕大多數魔物。

如果是我對付不了的魔物，打從一開始就別去對付就好了。

所以，我不是因為實力不足而感覺到單獨行動的極限。

而是因為更現實的理由，那就是沒錢……

冒險者是靠著擊敗魔物賺錢。

賺到的報酬通常都跟擊敗的魔物實力成正比。

可是，可以讓人賺進大把鈔票的強大魔物不會隨便出現在路上。

如果前往人跡罕至的祕境，就能遇到危險度A級以上的魔物，但前往那種地方還能活著回來的冒險者並不多。

至於我這個獨行俠去那種地方能不能活著回來，我想應該是不行吧。

如果只是要存活的話，只要偷偷躲起來別讓魔物發現，或許就能辦到，但那樣就賺不到錢了。

話雖如此，但胡亂獵殺弱小魔物也不是個好辦法。

雖然削減魔物數量很重要，但要是胡亂獵殺魔物，也會破壞生態系的平衡，造成意想不到的反效果。

適度削減魔物數量才是最好的做法。

憑我的實力，想要討生活並不是件難事。

但是，為了配合我的實力，就得準備足以承受如此實力的高價武器。

而且需要好幾把。

雖然不愁日子過不下去，但如果想把裝備準備齊全，就得花上一大筆錢。

不過，報酬那麼高的委託很少見。

凡是報酬高的委託，如果不是需要擊敗強大的魔物，就是有跟國家扯上關係。

雖說是A級冒險者，但我只是個獨行俠，接到這兩種委託的機會並不多。

因為接不到合乎實力的委託，讓我陷入經濟困境，才會感覺到單獨行動的極限。

說起來實在難為情。

各位崇拜我的年輕冒險者們，都是我讓你們的夢想破滅，真是不好意思……

因為這個緣故，由某個國家委託的人口買賣組織調查任務，以及其後參加人口買賣組織討伐隊一事，對我來說都是求之不得。

畢竟來自國家的委託都報酬豐厚，許多國家也都有提供資金給討伐隊。

而且討伐隊是各國精銳齊聚一堂的集團。

如果順利的話，說不定會有某個國家願意聘用我。

懷著這樣的盤算，我才會跟霍金一起加入討伐隊。

相較於純粹替年幼勇者感到擔心的霍金，我則是出於現實的考量。

然後，當討伐隊解散，我便成了勇者團隊的一員。

……連我自己都嚇到了。

在慶祝討伐隊解散的宴會上，我會跑去向尤利烏斯搭話，只是因為一時心血來潮。

我只是想以人生前輩的身分，給儘管還是個孩子，卻背負著許多東西的尤利烏斯一點建議。

透過討伐隊的活動，我見識到了尤利烏斯的人格。

老實說，我覺得他太幼稚了。

在我這個以冒險者的身分嘗遍各種酸甜苦辣的人眼中，尤利烏斯的天真讓人看了都感到難為情。

同時，也讓人感到危險。

正直並不是件壞事。

世上也需要正義感強烈的人。

但是，這個世界並非只有光明面也是事實。

唯有清濁並濟，才能算是所謂的大人。

因此，那些只一味追求光明面的人，在直視黑暗面時都會變得脆弱。

雖然這種時候只要移開視線，假裝沒看見就行了，但絕大多數正義感太強的人，都會在這種時候一蹶不振。

討伐隊應該就是為了避免這種事情發生，要讓尤利烏斯盡早見識到黑暗面的地方吧。

我是為了確認尤利烏斯有沒有徹底理解這個道理，同時給他建議，才會向他搭話。

可是結果又是如何？

「待在這支討伐隊裡，讓我也學到了人類會輕易走上歪路的道理。不過，正是因為這樣，世人才需要我的力量。」

「我是勇者，勇者是人們希望的象徵，也是正義的明證，更是邪惡的敵人。我要成為人們心中的希望，讓他們永遠都能看見我絕不容許邪惡的身影。」

「我就在這裡，勇者就在這裡，我要讓人們明白這個事實。這麼一來，未來肯定會充滿希望。」

即使理解世間的光明面與黑暗面，他也沒有移開視線，沒有失去鬥志，還放出豪語說要撥亂反正。

那一瞬間我才明白，原來這就是所謂的勇者。

他明明還只是個孩子，卻擁有足以讓我確信只有他能擔任勇者的特質。

然後，當我回過神時，我已經向他毛遂自薦了。

連我都不曉得自己為什麼要那麼做。

也不曉得尤利烏斯毫不猶豫就答應的原因。

就這樣，我成了勇者團隊的一員。

人生會發生什麼事情，還真是難以預料。
但是，我不後悔。
只要成為勇者的同伴，就不會缺錢。
雖然是拜霍金四處奔走所賜，但我不再苦於沒錢，可以盡情發揮自己的實力。
而身為勇者團隊的一員，也能提升自己的名聲。
好處多到不行。
想到我小時候那種跟孤兒差不多的處境，我可說是以冒險者的身分爬到了頂點。
我很滿足。
我這人似乎很缺乏上進心這種東西。
之所以爬上A級冒險者的地位，也不是因為想要變強。
我只不過是想讓生活過得更好，從經濟還很拮据的年代開始努力打拚，結果在不知不覺間變成這樣罷了。
雖然我身為勇者團隊的一員，意外得到了財富與名聲，但我並不想得到更多東西。
有人說我無欲無求，但我自己並不這麼認為。
別人會有的慾望，我也有。
我想吃很多好吃的食物，也想跟好女人共度春宵。
口袋裡有錢讓我開心，因為名聲而受人吹捧也讓我心情舒爽。

吉斯康

我只是因為知道過度的慾望和野心會害死自己，才覺得自己不需要那些東西。

雖然尤利烏斯那種清廉潔白過頭的生存之道似乎很累人，但我也覺得自己必須過著有所節制且循規蹈矩的生活。

規矩這種東西，就是因為有必要遵循，才會被人制定出來。

打破規矩通常都是很不划算的事情。

我不是個清廉潔白的人，只是因為打破規矩不划算，才會遵循規矩。

就這點來說，在全是好人的勇者團隊裡，恐怕只有我是異類吧。

不，除了我之外，哈林斯也是如此……

不過，尤利烏斯應該也需要能從不同角度給他意見的人。

或許就是因為尤利烏斯自己也明白這點，才會把我擺在身邊。

一方面也是因為我年紀最大。我在勇者團隊中就像是引領其他人的老師。

剛開始的時候，我覺得自己不是做這塊的料，但當了幾年後也慢慢習慣了。

拜此所賜，我感覺自己像個監護人。

可是，感覺並不壞。

……或許我也上了年紀吧。

換作是以前的話，我應該打死都不想照顧小鬼頭。

雖然我一直獨自活動的主要原因，是身旁沒有實力相近的高手，但懶得處理人際關係也是原因之一。

畢竟我的出身比較特別。

總會招來許多沒來由的誹謗中傷，受人嫉妒的情況也不少。

雖然很快就洗刷罪嫌了，但我也曾經被人懷疑是個扒手。

因為這些麻煩的事情，我只打算跟真正可以信賴的人組隊。

就這點來說，尤利烏斯的勇者團隊的人品無庸置疑。

他們是跟嫉妒無緣的一群人。

雖然就這層意義來說，他們並不讓我感到擔心，但我這個獨行俠居然會被人倚靠，站在引導別人的立場，這是我想不到的結果。

退休後當個冒險者的教官也不錯。我的個性已經圓滑到會這麼想的地步了。

我也老大不小了。

雖然以人類來說還算年輕，但以冒險者來說應該算老了。

因為職業上的關係，冒險者這一行無論如何都做不久。

年齡增長造成的衰退會變成在生死關頭拚搏時的枷鎖。

此外，也會跟我一樣，變得難以在實力與收入之間取得平衡。

如果結婚生子的話，還得設法養活家人。

擁有某種程度的實力，達到某個年紀的冒險者，大多都會轉職去做更穩定的職業。

在走到那一步以前，就放棄冒險者這個危險職業的人也不少。
我也差不多該考慮退休後的事情了。
尤利烏斯他們已經是出色的大人。
他們已經練就出就算沒有我，也不會有問題的實力。
這場人魔之戰，可說是我人生中最重要的一戰。
等到這場戰爭結束以後，我就一邊找尋後繼者，一邊思考未來該走的路吧。
我到了這把年紀，都還不曾跟特定對象深入交往，去找個好女人也是不錯的選擇。
不過，這些事情就等到我從這場戰爭活著回來後，再慢慢思考吧。

我們被派來防守的地方是庫索利昂要塞。
這是眾多要塞之中最重要的據點，也是最適合讓身為人族王牌的尤利烏斯防守的地方。
敵人似乎也明白這點，攻勢極為猛烈。
指揮官大聲下達指示，守軍們慌忙地到處移動。
但是，面對魔族那種不要命的攻勢，儘管他們拚命防守，也還是受到了壓制。
「給我下去！」
我踢倒架在城牆上的梯子。
雖然梯子爬到一半的魔族也跟著摔了下去，但旁邊馬上就有其他梯子架了上來。

我同樣把梯子踢倒，但這次換成剛才被踢倒的梯子又架了上來。

根本沒完沒了。

其他地方也有人跟我一樣，想要把梯子踢倒，卻因為敵人支撐的力道較強而失敗。

我們開始跟爬上來的魔族交戰。

「喝！」

尤利烏斯一劍砍倒爬上來的魔族。

「治癒吧！」

亞娜用治療魔法替傷兵們療傷。

從遠方飛過來的敵軍的魔法直接擊中哈林斯舉在城牆外面的盾牌。

「你們退下！」

霍金從盾牌後方把某種東西丟向城牆底下的敵軍。

「吃我這招！」

從底下傳來了慘叫聲，看來那應該是危險的道具吧。

我們負責防守的地方還沒問題。

但是，敵人的數量實在太多了。

庫索利昂要塞非常大，如果敵軍從四面八方發動攻擊，光靠我們實在沒辦法擋住所有攻勢。

「呀啊！」

吉斯康

「沒事吧？」

就在這時，要塞搖晃了一下，害亞娜失去平衡。

尤利烏斯趕緊出手攙扶。

結果變得像是尤利烏斯抱住了亞娜一樣。

這種姿勢看起來就像是在打情罵俏，而且他們也對彼此懷有好感。

但他們可是勇者團隊的一員。

不是會在戰場上因為這種小事而昏了頭的笨蛋。

他們兩人立刻分開，看向造成剛才那陣晃動的原因。

「……糟了。」

尤利烏斯一臉嚴肅地小聲呢喃。

下一瞬間，跟剛才一樣的震動再次傳來。

因為有根外表狀似巨大柱子的攻城兵器撞在城牆正門上，才會造成這陣搖晃。

「可惡！那裡的守軍到底在幹什麼！」

雖然哈林斯感到氣憤，但正門附近的守軍也不是在玩耍。

他們拚命想要阻止敵軍的攻城兵器，卻因為敵軍的攻勢太過猛烈，沒能成功阻止攻城兵器的攻擊。

魔族們試圖再次把攻城兵器撞在門上。

為了阻止那些扛著攻城兵器的魔族，要塞守軍也發出魔法攻擊他們，但就算直接被魔法擊中，他們也沒有停止攻擊。

他們被烈火焚身，被雷電轟得全身痙攣，還被土魔法直接砸中，失去肉體的一部分，卻依然沒有停下攻城兵器，就這樣把門打穿了。

「被突破了嗎？」

我知道自己的聲音變得緊繃。

魔族們殺進被破壞的門後面。

這座庫索利昂要塞不會只因為一道城牆被突破就淪陷。

城牆後面還有其他城牆，有著可以視情況夾擊敵方的結構。

雖然還不到需要緊張的地步，但以堅不可摧聞名的庫索利昂要塞被突破一道城牆這個事實，還是給我軍帶來了不小的打擊。

在原本就因為敵軍攻勢猛烈而士氣低落的情況下，這可不是什麼好現象。

我方的士氣恐怕會顯著下降。

「尤利烏斯，現在該怎麼辦？」

「……我們上。」

我詢問尤利烏斯的意見，他稍微想了一下後，便朝正門衝了過去。

「我們會去擊潰那邊的敵人！請大家放心！這裡就交給你們了！」

我一邊鼓舞士兵，一邊跟著衝了過去。

要是因為我們離開，讓這裡的守軍士氣下降，結果被敵軍突破的話，就失去意義了。

在我們離開這裡以後，也得請他們繼續撐下去才行。

在尤利烏斯的帶領下，我們勇者團隊拔腿奔跑。

然後，尤利烏斯沒有停下腳步，就這樣從正門附近的城牆跳了下去。

「喝啊啊！」

他利用往下墜落的重力加速度揮劍，砍在敵軍聚集的地方。

爆炸聲轟然響起，尤利烏斯踩在曾經是敵軍的東西上著地。

他只用一擊就消滅了那裡的許多魔族。

殺進正門後方的魔族就這樣全滅了。

但尤利烏斯還不滿足，朝被破壞的正門外面衝了出去。

「我們也上吧！抓住我！」

哈林斯抱著亞娜往下跳。

我也同樣抱著霍金往下跳。

我的腦海中在一瞬間浮現就這樣丟下霍金的想法。

但是，在昨晚聽了霍金的覺悟後，要是我還那麼做，就是背信棄義的行為。

我運用空間機動，在盡量不造成懷裡霍金負擔的情況下著地。

尤利烏斯已經在跟敵軍的最前線交鋒了。

不，與其說是交鋒，不如說是單方面斬殺。

每當尤利烏斯揮劍，魔族就不斷倒下。

雖說魔族的能力值優於人族，但身為勇者的尤利烏斯的能力值還要更高。

有辦法跟尤利烏斯對等戰鬥的人，即使在魔族之中也是屈指可數。

不，現在可不是佩服的時候。

「你不要一個人衝到前面！」

哈林斯追上衝到前面的尤利烏斯，然後舉起盾牌。

我也站到尤利烏斯身旁。

「就這樣一鼓作氣殺進去吧。」

如果我們在這裡大鬧一場，就能吸引雙方軍隊的目光。

我軍見識到勇者的可靠會士氣大振，敵軍則會畏懼於勇者的強大而士氣低落。

比起在城牆上低調地戰鬥，還不如讓尤利烏斯這超群的戰力在平地上大鬧一場。

尤利烏斯似乎也贊成我的提議，就這樣衝向前方。

他砍倒敵人，如入無人之境般不斷前進。

我負責處理尤利烏斯漏掉的敵人，哈林斯一邊保護身為後衛的亞娜與霍金，一邊跟著我們。

兩名後衛也靠著遠距攻擊對戰鬥做出貢獻。

吉斯康

我們的配合天衣無縫。

雖然我們是頭一次參加這種規模的大戰，但靠著對付魔物與盜賊培養出來的默契還是有發揮出來。

就連直到剛才還勢如破竹的敵軍，也不由得退縮了。

「把路讓開！我不會追擊逃跑的人！」

尤利烏斯大聲吶喊。

即使聽到他這麼說，也沒有魔族想要逃跑。

這也是理所當然的事。

「等等，尤利烏斯，就算你用人族語對他們說話，他們應該也聽不懂吧？」

哈林斯冷靜地吐槽。

因為魔族講的是魔族語……

尤利烏斯因為害羞而有些臉紅。

儘管身在戰場之中，我們之間還是瀰漫著微妙的氣氛。

「可是，看來那些話作為威脅還是有效的。」

亞娜跳出來圓場。

「看到尤利烏斯誇張的實力，敵人都嚇到了。」

霍金也跟著這麼說。

事實上，就算聽不懂那些話的意思，敵人也確實被尤利烏斯的實力震懾了。

「如果他們願意就此退下就好了。」

雖然尤利烏斯說出了自己的願望，但他本人應該很清楚這個願望不可能實現吧。

事實上，敵軍後方正傳出一陣騷動。

「尤利烏斯，敵人要來了。」

雖然我知道他也發現了，但還是出言提醒。

魔族士兵讓出一條路。

然後，一位騎著馬的敵人現身了。

「勇者！納命來吧！」

儘管說得不太流利，那名騎兵依然一邊說著人族語，一邊從馬上砍了過來。

尤利烏斯正面擋下那一擊。

儘管使出渾身解數的一擊被擋下，那名騎兵也只是讓馬的前進路線轉了個向，然後就這樣策馬離開。

……這傢伙很強。

尤利烏斯沒能在剛才擦肩而過時擊敗那名敵人就是最好的證據。

雖然尤利烏斯擋下了敵人的那一擊，卻沒能出手反擊。

雖說是騎在馬上的衝鋒攻擊，但身為勇者的尤利烏斯只能抵擋，這就證明了敵人的實力有多強。

對方毫無疑問是魔族的精銳。

「！哈林斯！上面！」

我察覺到些許動靜，出言警告哈林斯。

聽到我的警告，哈林斯趕緊採取行動，用盾牌擋住從上方襲向亞娜的東西。

「嗚……咕！」

哈林斯悶哼。

盾牌與長矛對撞的沉悶聲音響徹周圍，但發動攻擊的人影此時已經離開原地了。

好快。

我收起手中的斧頭，改拿出弓。

敵人飛在天上。

那是一隻巨大的鳥型魔物。

魔物背上騎著一位壯年男子。

情況不妙。

我的危險感知技能發出警報聲。

這名男子很強。

雖然剛才那位騎兵也是相當厲害的強者，但這傢伙比他還要厲害。

「我是魔族軍第七軍團長布羅。勇者啊，跟我一較高下吧！」

特地用人族語報上名號後，名叫布羅的魔族騎兵舉起了劍。

「我是勇者尤利烏斯，我接受你的挑戰。」

面對敵人的挑戰，尤利烏斯也舉起了劍。

「呵。」

面對眼前這一幕，飛在空中的鳥騎士用有些傻眼的表情看著布羅，不小心笑了出來。

「也好。反正機會難得，我也報上名號吧。我是魔族軍第一軍團長亞格納。請多指教。」

相較於布羅不太流利的人族語，亞格納則非常流利地報上了名號。

我還以為對方只是精銳，沒想到居然是軍團長……

軍團長有兩位。

他們的目標應該是我們勇者團隊，更正確來說是身為勇者的尤利烏斯才對。

如果能夠擊敗身為勇者的尤利烏斯，就會對人族造成很大的影響。

這就是對方的目的嗎？

但是，這點對敵方來說應該也是一樣。

如果兩位軍團長都倒下，應該也會對敵軍造成很大的影響。

看來這裡就是決定勝敗的分水嶺了。

「尤利烏斯！那邊就交給你了！」

「沒問題！」

尤利烏斯應該有辦法獨自對付軍團長吧。

問題是我們這邊。

「哈林斯！保護好亞娜跟霍金！」

「不用你說我也知道。」

「亞娜跟霍金負責支援。」

「好的。」

「了解！」

雖然這會是場四打一的戰鬥，但如果不這麼做，恐怕會輸。

亞格納開始建構魔法。

我就知道他會來這招。

從有利的空中發動遠距離攻擊。

我們只能用遠距離攻擊應戰，或是設法接近敵人將他擊落。

相較之下，對方可以自由選擇各種攻擊手段。

而且還能往前後左右逃跑，甚至還能往上或往下逃。

敵人光是待在空中，就會對我方不利。

我得先把他打下來才行。

在他完成魔法之前，我率先主動出擊！

我把箭搭到弦上，迅速射了出去。

但是，亞格納的魔法幾乎在同一時間完成，射了過來。

箭與魔法互相碰撞，結果是魔法贏了。

我往後退了一步，避開那記魔法。

一把黑槍射穿地面。

是黑暗魔法中的黑暗槍嗎？

他用的魔法還真是棘手。

黑暗系魔法是相對於光系魔法的難纏魔法。

不但威力比其他屬性的同等級魔法還要強，而且還是黑暗這種沒有實體的東西，所以很難防禦。

就算揮劍斬開，也沒辦法完全抵消掉威力。

比較確實的做法是用盾牌牢牢擋下，但如果盾牌不夠好的話，很容易因為魔法威力太強而被貫穿。

雖然哈林斯拿的盾牌應該不需要擔心會被貫穿，但我就只能閃躲了。

不但有這種難以防禦的特點，對方建構魔法的速度又很快。

就跟我拉弓射箭的速度一樣快。

吉斯康

可是，威力是對方比較強。

而且對方還占據了空中這個有利的位置。

情況不太樂觀。

……看來只能稍微拚一把了。

「亞娜，麻煩妳支援我。」

我再次向亞娜要求支援。

然後，我射出箭。

雖然亞格納也放出魔法，但這次卻沒跟箭對撞，筆直朝我射了過來。

好快！

不過，只要事先知道會射過來，就沒有躲不過的道理。

雖然那傢伙似乎是故意在我射箭的瞬間發出魔法，但我這一箭只不過是佯攻。

我沒有使出太多力道就隨便射出去的箭，往偏離目標的方向飛了出去。

如果我認真射出這一箭，說不定就會被他逮到空檔，直接被這發魔法擊中，但我只是假裝瞄準亞格納，馬上就展開下個行動。

我雙腿使勁跳了起來。

跳過飛過來的魔法後，我發動空間機動這個技能。

雖然空間機動這個技能不好掌控，卻能讓人在集中精神的短時間內，跟跑在地上一樣在空中奔跑。

我用空間機動在腳底下製造出踏腳處，然後衝向亞格納。

我收起弓箭，同時不忘更換武器。

但是，在我衝進攻擊範圍內之前，亞格納的魔法便再次向我射了過來。

好快！

亞格納建構魔法的速度比我預期的還要快！

空間機動是不好掌控的技能，沒辦法做出精密的動作。

如果是從一開始就知道會射過來的魔法，我還能靠著事先行動躲過，但如果不是這樣的話，就很難躲過了。

我中計了！

那個混帳，原來他剛才都沒拿出全力建構魔法嗎！

不曉得他是打算觀察我們的動向，還是打算小試牛刀。

總之，那傢伙沒拿出真本事。

我死定了！

往我射過來的黑暗魔法，與從後方飛過來的光系魔法撞上了。

是亞娜的光系魔法！

得救了！

吉斯康

黑暗魔法與光系魔法是相對的存在。

如果是同等級的魔法，威力就不會有差別，而且因為雙方都沒有實體，所以能夠互相抵銷。

再加上亞娜還學會了羅南特式魔法強化術。

其威力比原本的光系魔法還要強。

獲勝的將會是亞娜的魔法。

在感到放心的同時，我的腹部傳來一陣劇痛。

不用看也知道。

這是那傢伙的魔法貫穿我腹部的疼痛。

真是個可怕的傢伙。

他居然戰勝了亞娜的魔法。

幸好魔法的威力似乎降低了相當多。

從腹部疼痛的程度看來，這不是什麼重傷。

只是肚子上被開了個小指頭大小的洞罷了。

還不足以讓我停下！

我強忍著痛楚，運用空間機動，把力量灌注在雙腿上，縮短跟亞格納之間的距離。

也許是覺得距離太近，沒辦法用魔法迎擊，他拉了拉自己騎乘的怪鳥的韁繩，打算飛走逃跑。

「別想逃！」

雖然還有一段距離，但我依然揮出手中的武器。

那就是鎖鐮！

鎖鐮飛射出去，刺進怪鳥的翅膀。

怪鳥發出痛苦的叫聲，開始胡亂掙扎。

我一邊拉扯鎖鐮，一邊往前突擊。

雖然亞格納舉起了劍，但是騎在亂動的怪鳥背上，即使是那傢伙似乎也很難行動。

然後，我跟亞格納在空中交錯而過。

我順勢拉扯刺進怪鳥翅膀的鎖鐮，將牠的翅膀砍下來。

代價就是被亞格納揮出的劍深深砍過了肩膀。

他似乎瞄準了脖子，卻因為怪鳥亂動而稍微砍偏了一些。

運氣是站在我這邊的。

但這毫無疑問是重傷。

亞格納隨著怪鳥一起墜落。

我也掌控不住空間機動，在不遠的地方往下墜落。

「看我的！」

在狠狠撞上地面的前一刻，我被哈林斯接住了。

吉斯康

而且亞娜還立刻對我施展治療魔法。

「如果都是要來個公主抱的話，我希望對方不是大叔，而是可愛的女孩子。」

「你這臭小子說什麼傻話。」

哈林斯隨口說笑，我逃出他的懷抱。

戰鬥還沒結束。

雖然失去了怪鳥這隻座騎，但亞格納毫髮無傷地著地。

多虧了我亂來的攻擊，才總算把那傢伙從空中拉下，但重頭戲還在後面。

「大家提高警覺，那傢伙很強喔。」

聽到我這句話，哈林斯等人也做好迎戰的準備。

而面對這樣的我們，亞格納從容不迫地擺好了架式。

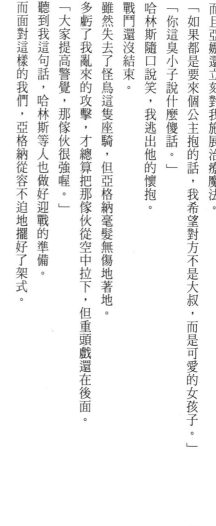

Diskhan

吉斯康

本名是吉斯康。由於他出身平民，所以沒有姓氏。他是擅長使用多種武器的前A級冒險者。一般的冒險者都是組隊挑戰魔物，而他是憑一己之力當上A級冒險者的高手。他原本就習慣獨自戰鬥，所以判斷局勢的能力很出色，能配合當時的戰況更換武器戰鬥。他是勇者團隊中最年長的人，因為經驗豐富的緣故，讓他變成引導尤利烏斯這些年輕人的大哥。最近他發現尤利烏斯等人已經變得可靠，自己沒東西可以教他們了，讓他開始萌生差不多該退休了的念頭。

布羅

我騎著愛馬，接連躲過勇者發出的光魔法光彈。

一旦停下腳步，我就會在那瞬間倒下！

對手是與魔王並立的勇者。

我不認為他是可以輕易戰勝的敵人。

即使如此，我也非贏不可。

但是，勇者像是要粉碎我的念頭一樣，毫不留情地發動猛烈的攻勢。

有別於那看似和善的容貌，他毫不遲疑地向我殺了過來。

光是面對他那鋒芒逼人的殺氣，就讓我覺得自己隨時都會沒命。

到底要闖過多少生死關頭才能達到那種境界？

勇者的戰鬥風格屬於魔法戰士型。

以魔法為主軸，同時也會用劍。

從我騎在馬上揮出的第一擊被他用劍擋下這點，就能得知他的力量比我強。

然而，他似乎比較擅長魔法。

一旦拉開距離，我就會變成他魔法的標靶。

可是，就算我靠上去，他也還能用劍術。

可說是毫無破綻。

每個人都有長處與短處。

像我就完全不懂魔法，而第六軍的修維則是正好相反，不擅長肉搏戰。

跟人類對決時的重點，就在於看穿對手的長處與短處，然後設法在對自己有利的情況下戰鬥，讓對手無法發揮本領。

但是，勇者沒有會變成短處的弱點。

他的各種技能等級應該都不低吧。

雖然照理來說不會有這種事情，但對方可是勇者。

他本身就是個特例。

即使要鍛鍊技能，時間也是有限的。

如果每種技能都想要鍛鍊，頂多只能練到樣樣通樣樣鬆。

如果要讓自己變強，最好還是專注於其中一項能力，然後集中鍛鍊相關技能。

即使在我們這些軍團長中，頂多也就只有亞格納大人把所有技能都鍛鍊得很均衡。

他從前前任魔王的時代就有實戰經驗。

人生資歷有別於其他軍團長，所以累積的鍛鍊成果也比較多。

但是，亞格納大人算是特例。

把所有能力都練到高水準是一種理想，但並不實際。

而勇者則是這種理想的體現。

……我能贏過他嗎？

不！我不能說這種喪氣話！

我要戰勝他！

我拉扯韁繩，讓愛馬改變前進方向。

我擅長的是肉搏戰。

尤其擅長使出威力強大的連續攻擊。

就一擊的威力來說，第三軍的古豪勝過我；就戰鬥技巧來說，第五軍的達拉德在我之上。

但是，如果實際對決的話，贏家會是我。

如果是不用魔法的肉搏戰，就算對手是亞格納大人，我也有信心不會輸給他。

在第一擊被擋下後，我非常明白勇者的實力了。

但是要是我就此退縮，就不可能會有勝算。

一旦拉開距離，我就會被魔法徹底擊垮。

我只能把戰鬥帶進自己最擅長的肉搏戰，設法戰勝勇者。

「喔喔喔喔！」

我一邊發出怒吼，一邊衝了過去。
勇者舉起劍準備迎擊。
來一決勝負吧！
贏家會是我！
我要贏！一定要！

「明天的決戰，我會把第七軍當成棄子。」
亞格納大人昨天很誠實地這麼告訴我。
根據他的說法，他要把第七軍當成引出勇者的誘餌。
庫索利昂要塞是人族要塞中特別堅固的一個。
就算正面進攻，也不會有勝算。
為了改變這個狀況，我們才會策劃出引出身為人族最強戰力的勇者，透過擊敗他重挫人族士氣的作戰。
我覺得這個作戰有相當大的風險。
讓第七軍勉強進攻，就真的能讓勇者上鉤嗎？
就算勇者上鉤了，我們真的有辦法擊敗他嗎？
而且就算我們擊敗勇者了，人族就真的會失去鬥志嗎？

布羅

這樣真的能幫助我們打下庫索利昂要塞嗎？

在我聽來，亞格納大人的計畫建立在一連串樂觀的預期上，就跟賭博沒兩樣。

我不能讓第七軍的士兵們為了這種作戰賭命。

我當時是如此反駁他的。

「我就知道你會這麼說。但就算你這麼說，我們也別無選擇。不管這是不是賭博，我們也都只有這條活路。」

亞格納大人難得露出了沒有自信的自嘲笑容。

「畢竟我們彼此都處境艱難啊。」

說完，亞格納大人環視周圍。

由於當時已經讓閒雜人等離開，所以周圍一個人都沒有。

「可以麻煩您暫時離開一下嗎？放心，這只是男人之間的閒聊。事到如今，我不會再有什麼奇怪的企圖了。」

儘管如此，亞格納大人卻擺出一副好像有人在附近偷聽的樣子，對那人說出這樣的話。

我的氣息感知技能沒有發現任何異狀。

但亞格納大人似乎確信有人躲在這裡。

「如果對方願意離開就好了……」

「亞格納大人，你剛才在跟誰說話？」

「別在意，反正就算在意，也拿對方沒辦法。」

我感到一股寒意。

他說得就像有人躲在我不知道的地方，監視著我的一切行動。

那位魔王真的能辦到那種事嗎？

我至今依然不覺得那位魔王有大哥說的那麼厲害。

但是，在這個時候，我首次感受到一種莫名的恐懼。

「我也不曉得對方有沒有離開，反正我也不打算說些不能被聽到的話。」

難道就連亞格納大人也被無法察覺的某種東西監視著嗎？

我不由得環視周圍，讓亞格納大人露出苦笑。

可是我還是什麼都感覺不到，只能一頭霧水地看向亞格納大人。

面對這樣的我，亞格納大人板起臉孔說：

「布羅，你可能以為只有自己身陷絕境，可是你錯了。身陷絕境的人不是只有你，整個魔族都一樣。」

亞格納大人一臉倦怠地如此斷言。

我還是頭一次看到那個總是泰然自若，散發出高深莫測的霸氣的亞格納大人露出這種喪氣的模樣。

「魔族現在只剩下兩條路可走。不是戰勝人族存活下來，就是輸掉戰爭走向滅亡，只能二選一。」

「事情沒那麼單純吧？」

「不，事情就是這麼單純。」

不是贏，就是輸。

不是活下來，就是滅亡。

不是一，就是零。

面對沒辦法把事情看得那麼簡單的我，亞格納大人像是要勸我一樣，解釋給我聽。

「一旦事情的規模越大，就會變得越複雜，但例外這種東西無所不在，這次的事情就是例外。因為魔王大人就是想要那種單純的結果。」

魔王——

光是想起那個女人，我就覺得不爽。

一切事情都是在那傢伙出現後才變得奇怪。

「亞格納大人，你為什麼要對那種傢伙……」

「別說了。」

像亞格納大人這麼厲害的人物，居然選擇順從魔王。

如果他願意跳出來反抗魔王的話，結果或許就不一樣了。

因為這種想法，我差點就說出那句話，卻被亞格納大人制止了。

「……我贏不了。不，應該說我輸給了她才對。我輸給了魔王大人，這就是答案。」

聽到亞格納大人這句話，我一句話都說不出來。

我輸給了她。

那位亞格納大人認輸了。

這個事實實在太過沉重。

「我也不是隨隨便便就接受滅亡的命運。我反抗過，最後才做出只剩下這條路可走的判斷。我們只能打贏這場戰爭了。」

亞格納大人說他覺得自己贏不了那位魔王，所以魔族只剩下戰勝人族這條路可走。

我不想承認這個事實。

卻又不得不承認。

因為連那位亞格納大人都這麼說了。

「為了取勝，我們只能不擇手段。不管這是不是一場豪賭，為了打贏戰爭，我們也只能賭賭看了。不只是第七軍，如果我們戰敗，恐怕所有魔族都會步上滅亡吧。」

所以，他才要讓第七軍打頭陣。

我徹底明白這個作戰是出於這種堅定的決心，不管我說什麼都不會改變。

我們只能打贏。

這不光是我和第七軍的問題。

布羅

魔族全體的命運都賭在我們的成敗上。

隔天早上，也就是今天早上，我向第七軍的將士說明這次作戰的概要。

第七軍參與了前任軍團長華基斯大人引發的叛變未遂行動。

因為這個緣故，第七軍受到的待遇很糟糕，過去一直忍受著艱難的處境。

物資配給順序總是排在其他軍團之後，裝備也不齊全，有時候甚至連飯都沒得吃。

而這次則是接到幾乎等於在說「你們去死吧」的命令。

他們不可能不感到不滿。

然而……

「既然隊長都這麼說了，我們就會去做。」

士兵們接下了這個捨命進攻的任務。

「我們就跟已經死過一次一樣。既然是行屍走肉，我希望至少最後要死得有價值。」

「我們能夠活到今天，都是託隊長的福。這條命是你替我們撿回來的，請隨便拿去用吧。」

「你們……」

我為他們做的事情並沒有他們說的那麼多。

許多士兵都仰慕著華基斯大人。

想要拿起武器替他報仇的人也很多。

而我只不過是安撫了那些人，偶爾還會用拳頭阻止他們。

為了讓士兵們有頓飯吃，我會到處去拜託別人，請他們勉強給我們一些食物，有時候也會自己跑去狩獵魔物。

但是，我能做的就只有這麼多了。

還不足以讓他們替我賣命。

他們也都心裡有數。

他們知道自己只是沒被處死，不代表過去的罪過被赦免了。

現在只是清算那些罪過的時刻到來了，這裡就是他們的處刑場。他們都已經做好這樣的覺悟了。

而我只能讓他們前去送死。

既然如此，為了不讓那些傢伙最後的犧牲白費，為了那些相信我這個沒出息軍團長的人，我無論如何都不能輸！

我使出渾身解數的一擊打在勇者身上。

這一擊裡灌注了愛馬衝刺的速度與我的臂力，以及我們大家的信念。

贏了！

但事與願違，勇者擋住了我這一擊。

「嘖！」

我原本還以為說不定這一擊就能得手，但勇者果然沒那麼好對付！

但是，因為第一擊也同樣被他擋下了，所以我早就料到這招不會管用。

還沒完呢！

「喝！」

我從馬背上再次揮劍。

面對我由上往下揮的沉重劍擊，勇者把自己的劍往上揮，擋下攻擊。

雙方的劍互相碰撞，同時彈開。

馬背上這個高處對我有利。

往下砍劈的一擊能夠得到重力的幫助，而不得不由下往上揮劍的勇者，則必須在劍上灌注更多力量。

就算是這樣，雙方的攻擊威力還是不相上下。

這證明勇者的能力值比我更強。

但我不會退縮，也不能退縮。

不管是在戰術上，還是在心情上。

要是我在此退縮的話就輸了。

身體差點就要被彈開的劍牽著走，我趕緊使力抓住劍，勉強保持平衡。

雖然拿著劍的手臂發出撕裂聲，但我咬緊牙關拚命忍耐，就這樣使勁揮劍，再次砍向勇者。
勇者也同樣拉回被彈開的劍，與我的劍對砍。
「看招！」
我往下砍劈的劍，跟剛才一樣跟勇者的劍對撞彈開。
再來！
我就這樣展開連續攻擊。
這是毫無技巧可言，純粹靠蠻力使出的連擊。
但是，如果正常對砍的話，輸家八成會是我吧。
我要順勢繼續壓制他！
我們對砍了兩三個回合，但還是沒能擊垮他。
「嗚！」
反倒是我開始跟不上勇者的劍了。
儘管變動幅度不大，但我的劍確實每過一回合都會變慢。
繼續跟他互砍絕非上策。
敗北正逐漸向我逼近。
「喝！」
然後，勇者伴隨著怒吼聲揮出的一劍，把我的劍大大地彈向後方。

我出劍太慢，沒能完全灌注力量在這一劍裡面。

勇者沒有錯失這個破綻。

當我的劍被擊向上方，身體因為反作用力而破綻百出時，勇者的劍指向了我。

我來不及把劍拉回。

我會死！

下一瞬間，載著我的愛馬一個翻身。

從後方傳來沉悶的巨響。

「嗚哇！」

我失去平衡，從愛馬身上摔了下來。

我好不容易才安全落地，在地上翻滾了兩三圈，然後順勢站了起來。

而我接下來看到的光景，是愛馬失去後腿，倒在地上的樣子。

「你居然……」

看到牠的模樣，我總算搞懂狀況了。

為了保護我，這傢伙用後腿擋住了勇者那一擊。

對馬來說，腳就是牠們的生命。

一旦失去了腳，牠們就活不了。

如果施展高階治療魔法，應該就能治好這種重傷，但看到那種大量鮮血從傷口流出來的樣子，我清楚明白在找到會用治療魔法的人之前，牠就會撐不下去。

「……抱歉！感激不盡！」

說完，我重新面對勇者。

打從母馬生下這傢伙的瞬間，我就一直看著牠長大。

比起第七軍的士兵，甚至是我以前待的第四軍的士兵，這位搭檔陪伴我的時間都還要更久。

而那傢伙賭命保護了我。

既然如此，那我就非得報答牠的好意不可。

就算要悲傷，也是之後的事情。

現在，我要集中全部精神對付勇者！

「嗚喔喔喔喔喔喔！」

我一邊怒吼一邊衝鋒。

我跟愛馬之間的交流只有短短一瞬間。

勇者還沒收回砍倒我的愛馬的劍。

我不認為這是個破綻。

交手這麼多回合後，我很清楚勇者沒那麼好對付。

他明明是個以魔法為主力的戰士，肉搏戰的實力卻強過我。

但是……！

就算是這樣，我也不能退縮。

因為我的肩膀上扛著第七軍、魔族，還有許多人的未來！

包括在這場戰爭中死去的第七軍將士和我的愛馬。

還有以華基斯大人為首，在先前的政變中死去的叛軍、因為忍受不了魔王的苛政而逃跑的貧民、以及那些沒能逃跑就死去的人民。

還有那些人生被魔王搞得一團亂，懷著遺憾死去的人們。

不只是這樣。

我知道在那位魔王出現前，為了讓元氣大傷的魔族重新振作起來，大哥和亞格納大人一直都在努力奔走。

我就是看著大哥不惜犧牲睡眠時間，也要處理政務的背影長大的。

都是因為他的努力，才有現在的魔族。

讓大哥的努力白費這種事，我不能認同！

大哥、亞格納大人、還有……

腦海中浮現出白佇立在那個討人厭的魔王背後的身影。

我不能輸。我絕對不能輸！

「嘶……！喝啊！」

我大大地吸了口氣，然後隨著怒吼聲揮出使盡全力的一擊。

勇者輕易擋下這一擊。

但我的攻擊還沒結束！

我立刻把劍拉回，改變角度再次砍了過去。

不管會被擋下幾次，我都絕對不會退縮，也不會停手！

直到我用盡力氣的那一刻，我都不會停止攻擊！

「！」

當我注意到時，自己已經屏住氣息，視野也像是蒙上了一層薄霧。

勇者以外的一切全都被排除在視野之外，我的目光只盯著他手中的劍。

『熟練度達到一定程度。技能「思考加速LV4」升級爲「思考加速LV5」。』

技能這種東西很不可思議，比起自己鍛鍊的時候，實戰時更容易提升等級。

據說那種與死亡為伍的緊張感能夠促進成長，在跟比自己更強的敵人戰鬥時，這種情況更是明顯。

有時候也會因為這種戰鬥中的成長，造成勝敗逆轉的結果。

因為剛才提升等級的思考加速這個技能，我清楚看見勇者的動作了。

這傢伙……他竟然能看穿我的每一劍！

正是因為能力有所提升，我才能看出自己跟勇者之間的實力差距。

我明明已經超越極限拚命揮劍了，勇者居然還能看穿每一劍，等待我露出破綻的瞬間！

我贏不了他！

即使做到這個地步，也還是贏不了他！

我不能輸啊！

為了走到這一步，你知道我們到底付出了多少犧牲嗎？

可是……可是！

有別於我的心情，停止的呼吸重新恢復了。

大大張開的嘴巴拚命吸進空氣，戰場上的炙熱空氣為喉嚨帶來疼痛。

身體變得遲鈍，揮劍速度也慢了下來，力道也消失了。

疲勞已經快要到達極限。

「啊啊啊啊啊！」

我靠著意志力壓抑疲勞，繼續連續揮劍。

但是……

「你的那招……我已經看穿了。」

「啊？」

我的劍被彈開了。

我的身體拿不穩劍，輕易地失去平衡。

無數光彈在這時間不容髮地飛了過來。

當我意識到那是勇者的光魔法的下一瞬間，難以承受的衝擊已經襲向身體。

我根本無暇閃躲，也無暇防禦，甚至連思考的時間都沒有。

「咕！嗚哇！」

這就是我跟勇者之間的實力差距嗎！

我被擊飛出去，在地上翻滾，最後趴倒在地上。

「還沒……結束……」

但是，戰鬥還沒結束。不，是不能結束！

我用技能替自己療傷。

代價是我感覺到身體逐漸失去力量。

雖然傷勢治好了，卻幾乎沒有體力能夠戰鬥。

「你最好別逞強了。你應該也明白我們的實力差距才對。」

勇者似乎也看穿了我的狀態，說出了這樣的話。

「我還沒輸！要是我就這樣打輸回去，就沒臉見大哥了！」

不光是大哥。

我會沒臉見魔族的每一個人！

「既然你還有兄弟，不就更不能死在這種地方了嗎？快撤軍吧，我不會追上去。」

……這混帳！

要是做得到的話，我就不用這麼拚命了！

「我不能撤退！」

我站了起來，向勇者衝了過去。

腦袋裡還冷靜的部分，告訴我自己沒有勝算。

我很清楚這件事！

我跟勇者的實力明顯有段差距。

就算是這樣，我也要盡量削減他的魔力和體力！

我相信就算自己贏不了，我拚命削減掉的魔力和體力，也能為亞格納大人帶來勝利！

我刺出去的劍被輕易彈開了。

然後光彈向我襲來。

跟剛才一模一樣的戰法。

但是，即使明白這點，我也應付不來。

我再次倒地。

「還沒完……」

我想要從地上爬起來，但勇者的劍刺進我眼前的地面。

他只要稍微抽回劍，就能把我的脖子砍斷。

「別再起來了。」

我無法動彈。

勇者的話語中蘊含著明確的意志，如果我想再站起來，他就會砍下我的腦袋。

「別以為只有你們輸不得。」

這句話帶著重量。

這也是理所當然的事情，就像我們為了魔族而戰一樣，勇者也是為了人族而戰。

就像我肩負著輸不得的壓力，做好覺悟來到這個地方一樣，勇者也懷著同樣的信念。

如果雙方都懷著同樣的信念，導致這個結果的原因就是單純的實力差距。

光靠信念無法改變現實。

因為對方也懷著同樣的信念。

「可惡……！」

我用手指抓著地面。

明明想要起身，我卻爬不起來。

為什麼我沒有力量！

沒有戰勝勇者的力量！

沒有戰勝魔王的力量！

「你懷著多麼強烈的信念在戰鬥，我無從得知。你肯定有著我無法想像的強烈決心吧。不過，如果你們魔族要破壞人族的和平，那我也會懷著守護人族的決心戰鬥。」

勇者握著劍的手加重了力量。

「為什麼？」

他的聲音中蘊含著怒火。

「為什麼你們魔族要發動戰爭！為什麼你們不惜做到這種地步也要戰爭！」

聽到勇者的吶喊，怒火也湧上我的心頭。

我們也不是心甘情願想要打仗啊！

「因為要是不這麼做，我們就會滅亡！」

「咦？」

我的回答似乎讓他感到意外，勇者露出不適合這種場面的呆愣表情。

「都是魔王害的！那傢伙說如果我們不能戰勝人族，就要讓我們滅亡！」

那種反應讓我變得更火大，放任怒火大聲叫喊。

「魔王害的？」

「沒錯！自從那傢伙出現，一切就都變得奇怪了！我們也不想要戰爭！要是我們不這麼做就會被殺！就會被迫滅亡！可惡！為什麼！為什麼會發生這種事！可惡！」

我甚至忘記自己還被劍指著，使勁搥打地面。

淚水讓視野變得模糊。

雖然這副模樣非常沒出息，但反正我就要死在這裡了。

既然如此，那至少在最後一刻讓我盡情哭喊，應該也不為過吧？

「……那……只要打倒魔王，這場戰爭就會結束嗎？」

「廢話！如果你辦得到的話，當然會啊！」

我隨口回答勇者的問題後，劍便從地上拔了出來。

「那我就去打倒魔王吧。」

聽到勇者乾脆地這麼說，我驚訝地仰望著他。

「……咦？」

「既然帶來戰爭的元凶是魔王，那只要打倒魔王就能解決問題了。更何況……」

說到這裡，勇者稍微頓了一下。

「打倒魔王不就是勇者的任務嗎？」

勇者半開玩笑地這麼說，但他的眼神是認真的。

勇者只是因為不明白那個魔王的實力，才說得出這種話。

……可是，真的是這樣嗎？

我自己也不是很清楚那個魔王的實力。

她八成遠遠強過我，我就只知道這樣。

而這位勇者也遠遠強過我。

……說不定他能打贏魔王？

布羅

真的嗎？

既然如此……

下一瞬間，地面搖晃了。

我感到一股寒意。

那是我這輩子從未感受到，彷彿真的會把人壓扁的壓迫感。

「怎麼回事……？」

我無法停止顫抖。

這種……這種怪物不可能存在。

勇者也睜大雙眼看著我的背後。

千萬不能回頭。

但是，我不得不回頭。

戰戰兢兢地回過頭後，我剛才的問題便有了解答。

那是隻巨大無比的魔物。

八隻腳鑿穿大地，八顆眼睛睥睨著地面上的我們。

那是隻巨大無比的蜘蛛型魔物。

我知道那是什麼魔物。

我並非親眼見過。

但是，那種魔物是經常出現在童話故事裡的災厄，沒有人不認識牠。

那種災厄的名字就是女王蜘蛛怪。

以人族制定的魔物危險度標準來說，牠被分類為號稱人類無法抗衡的神話級魔物，也是活生生的災厄。

那種怪物怎麼會突然出現！

無視於我心中的疑惑，女王蜘蛛怪行動了。

牠把嘴巴對準庫索利昂要塞，然後天地就翻轉了。

我無法理解發生了什麼事情。

我也不想理解。

當我回過神時，庫索利昂要塞有一部分消失不見了。

連同負責攻打那裡的第七軍一起消失。

「什麼……」

我茫然地發出傻里傻氣的叫聲。

我一頭霧水，失去思考能力。

在此同時，事情仍在進展。

女王蜘蛛怪開始移動了。
目標是庫索利昂要塞。
不，應該說是倒塌的庫索利昂要塞殘骸才對。
但是，那裡還留有為數不少的人族。
人們站在即將倒塌的城牆上，跟我一樣傻愣地望著女王蜘蛛怪。
「快逃啊！」
身旁突然有人大聲喊叫。
在鴉雀無聲的戰場上，那聲音聽起來特別宏亮。
聲音的主人正是勇者。
「我來爭取時間！你們趁現在快逃！」
說完，勇者衝向女王蜘蛛怪。
他瘋了嗎……？
不管怎麼看，都不會有人覺得能打贏那種怪物吧！
然而，勇者依然毫無畏懼地衝向女王蜘蛛怪。
我只能茫然目送他的背影。
我太過茫然，甚至忘記要從地上爬起來。
某人來到我身旁。

我先是看到對方的腳，抬起頭後就看到白站在我旁邊。

第十軍軍團長——白。

除了她是魔王的近親以外，大家對她的來歷與能力幾乎一無所知。

但是，在她為人所知的少數能力之中……不，是她唯一一項為人所知的能力，就是空間魔法。

突然出現的女王蜘蛛怪。

白的空間魔法。

這兩件事在我腦海中牽起了線。

「難道說……那傢伙是妳帶來的？」

面對我的問題，白默默地點了點頭。

「妳也未免太亂來了吧！」

我忍不住叫了出來，起身走到白面前。

也許是被我的聲勢嚇到，白的身體往後一仰。

為了取得空間魔法，就需要用掉大量的技能點數。

需要的點數多到如果要取得空間魔法，就得放棄取得其他技能的地步。

我聽說絕大多數會用空間魔法的人，除了空間魔法之外的技能等級都很低，技能數量也不多。

換句話說，除了空間魔法之外，白應該一無是處才對。

不是沒人知道她的其他能力，是她沒有其他能力。

白的戰鬥能力恐怕跟普通人差不多。

雖然可能是因為空間魔法既珍貴又方便，才讓她被任命為軍團長，但她根本不該被派來這種危險的戰場。

更何況，白率領的第十軍應該是負責地下工作才對。

雖然沒人知道白的第十軍都在做些什麼，但我想他們八成是魔王的諜報機構。

他們應該是透過白的空間魔法被送往各地，負責收集情報吧。

在這次的戰爭中，沒有宣布白的第十軍負責攻打的地點就是最好的證據。

因為他們是負責地下工作的軍團，這也是理所當然的事。

而那位專門負責地下工作的軍團長怎麼會一個人跑來這種地方！

答案顯而易見！

因為是她把那隻女王蜘蛛怪轉移到這裡的！

因為魔王的命令！

居然讓幾乎沒有戰鬥力的白負責傳送那種怪物，簡直瘋了！

「妳這笨蛋！難道妳不怕死嗎！」

白像是無法理解我這句話的意思一樣，輕輕歪著頭。

她那種毫無緊張感的態度讓我怒火中燒。

如果要轉移某樣東西，施術者就必須用手去摸才行。

換句話說，白曾經親手摸過女王蜘蛛怪。

她居然用手去摸那種怪物！

要是出了一點差錯，她恐怕已經沒命了。

像她這樣的弱女子，那種怪物只要稍微動一下，就能把她震飛出去！

「這麼危險的任務，妳為什麼不拒絕！」

白似乎變得更搞不清楚狀況了，她伸手扶著下巴，擺出陷入沉思的姿勢。

這種事情根本不需要思考吧！

為什麼只因為是魔王的命令，就能讓她做出這種輕易捨棄自己性命的事！

這傢伙總是這樣。

我不知道魔王跟這傢伙到底是什麼關係。

但是，這傢伙所做的一切，永遠都是為了魔王。

為了那個魔王……！

為什麼她要任憑那種傢伙擺布！

而且還是自己主動去做！

雖然我不能接受，但就算跟這傢伙抱怨，她顯然也只會保持沉默。

「可惡！」

我像是要吐出累積在心中的憤慨般叫了出來，然後轉過身體。

「我要妳立刻逃離這裡！」

就算是那個魔王，應該也沒辦法駕馭女王蜘蛛怪那種怪物。

那傢伙肯定是利用白把野生的女王蜘蛛怪丟來這裡！

如果是這樣的話，那隻女王蜘蛛怪就會對所有人展開攻擊。

雖然庫索利昂要塞被牠擊垮了，但我那些受到波及的第七軍部下們，也有很多都被轟飛出去了。

事已至此，已經沒有什麼敵我之分了。

我只能設法找到倖存的第七軍將士，帶領他們撤退。

……不過，那也要我辦得到才行。

我真的有辦法活著逃離那種怪物的魔掌嗎？

「布羅。」

就在我準備前去尋找部下時，白叫住了我。

……這好像是她第一次叫我的名字。

「什麼事？」

「撤退。」

白向我伸出了手。

難不成這是她要用轉移帶我一起撤退的意思嗎？

「……妳的心意我很高興，但我不能這麼做。」

心儀的女子向我伸出了手。

但我不能握住那隻手。

「主將不能第一個逃走吧。」

我還有帶領倖存部下逃走的責任。

「妳先走吧，我隨後就會趕上。」

丟下這句話後，我沒等白回答就衝了出去。

附近沒有敵人，如果是會使用轉移的白，應該有辦法逃走才對。

我也得把部下們找回來，帶領他們撤退才行。

……我不能死在這種地方。

如果輸給勇者就算了，被女王蜘蛛怪蹂躪而死這種毫無價值的死法，我可不能接受！

我絕對要活著回去！

然後狠狠揍魔王一拳。

不管結果會是如何，我都不會再聽那傢伙的命令了。

就讓我試著反抗看看吧。

就像明知打不贏女王蜘蛛怪，也還是衝了上去的那位勇者一樣！

為此，我得先活著離開這裡才行！

下定決心後，我邁出腳步，準備衝向倒塌的庫索利昂要塞。

嘟嚕嚕嚕嚕！

但從懷裡響起一道陌生的聲音，讓我準備踏出的腳停了下來。

這是……

巴魯多

拜託快點回應我吧！

懷著近似祈求般的心情，我把名為冒牌智慧型手機的魔道具擺到耳邊。

這種名叫冒牌智慧型手機的小型板狀魔道具，是魔王大人交給各個軍團長的聯絡工具。

這東西似乎能讓人用念話跟遠方的人對話，而且有效距離遠遠超過一般的魔道具。

而我目前正使用這種魔道具呼叫的對象，就是我弟弟布羅。

雖然這一方面是因為魔王大人剛才命令我跟他聯絡，但更重要的是，我很擔心他的安危。

我壓抑心中的焦急，回想起魔王大人與白大人剛才的對話。

名叫螢幕的東西正在播放影像。

在庫索利昂要塞的戰場影像中，可以看到布羅正處於下風。

「看來是沒希望了。」

魔王大人這一句話深深刺進我的心。

只要看了就知道，正在對付勇者的布羅已經陷入劣勢。

任何人都能看出，布羅戰敗只是時間的問題。

而那意味著布羅的死。

想到這點，我的心臟開始狂跳。

「哦，小白，妳來得正好。」

我因為內心動搖而慢了半拍才發現，白大人已經用轉移回來了。

「如果放著不管，布羅好像會死掉。」

魔王大人一派輕鬆地這麼說。

對我來說，弟弟布羅戰死是件大事。

可是，從魔王大人說得這麼輕鬆這點，就能看出這對她來說並不是什麼大事。

雖然我一直在思考扭轉局勢的計策，但我身在遠離戰場的這個地方，什麼事情都辦不到。

人在附近的亞格納大人也被勇者的同伴拖住腳步，看起來沒辦法趕過去營救布羅。

「嗯……我原本還以為亞格納至少能跟勇者打成平手，難道是我太高估他了嗎？」

「那只是因為勇者跟他的同伴太強了。亞格納已經很努力了。」

起初，我有一瞬間沒意會過來那是誰的聲音。

稍微慢了半拍後，我才發現原來是白大人出言袒護了亞格納大人。

「咦？……嚇我一跳。怎麼回事？小白，難不成妳欣賞亞格納嗎？」

嚇到的人似乎不是只有我，就連魔王大人都瞪大了眼睛。

巴魯多

這也是理所當然的事。因為白大人幾乎不開口說話。

就算她偶爾開口說話，也只會說簡短的詞彙，從來不曾這麼清楚地說出一大段話。

我也是頭一次聽她說出這麼長的一段話。

面對魔王大人的問題，白大人再次默默點頭。

「哇～原來小白喜歡那種大叔啊……」

魔王大人一臉複雜地小聲呢喃。

面對這個推測，白大人迅速地左右搖頭。

看來她似乎不是那個意思。

「我知道啦，只是開玩笑的。」

魔王大人露出天真無邪的笑容。

如果只看她這副模樣，只會覺得她是個正在跟朋友說笑的平凡少女。

到底有誰想像得到，她就是替魔族帶來災厄的魔王大人？

不過，她下一瞬間就收起笑容，眼神也變得銳利。

仔細一看，螢幕裡的布羅已經被勇者擊倒，陷入生死交關的處境。

「布羅！」

我忍不住叫了出來。

但是，勇者似乎不打算立刻奪走布羅的命，跟他交談了起來。

『那我就去打倒魔王吧。』

『……咦？』

『既然帶來戰爭的元凶是魔王，那只要打倒魔王就能解決問題了。更何況……打倒魔王不就是勇者的任務嗎？』

勇者的聲音從螢幕裡傳來。

「哼，真敢說呢。」

聽到那句話後，魔王大人露出殘酷的笑容。

「那……我們就照原定計畫進行吧。」

她的眼神中沒有慈悲，那是冷酷破壞者的表情。

然後，接到指示的白大人轉移消失，在庫索利昂要塞旁邊放出女王蜘蛛怪。

「歡迎回來……奇怪？亞格納跟布羅呢？」

魔王大人迎接獨自轉移回來的白大人。

白大人身旁沒有別人。

根據她事前跟魔王大人談話的內容，她應該會把亞格納大人和布羅帶回來才對。

結果白大人只搖了搖頭。

螢幕上只顯示著女王蜘蛛怪與勇者戰鬥的光景，我們這邊無從得知布羅和亞格納大人的安危。

我腦海中再次湧現不好的預感。

「咦？他們死掉了嗎？」

面對魔王大人的問題，白大人的回答就只有搖頭。

拜託妳們別嚇我了。

雖然心頭上的大石放下了，但這些對話對心臟很不好。

「嗯？那到底是怎麼回事？」

「亞格納，繼續戰鬥。」

白大人先報告亞格納大人的狀況。

雖然說是報告，但其實她只說了這一句話。

雖然不清楚詳細情況，但亞格納大人應該是因為戰鬥還沒結束，所以白大人才沒能帶他回來吧。

「那布羅呢？」

「帶部下避難。」

「呃……他說他要帶部下去避難，所以要留在那裡是嗎？」

白大人點了點頭。

雖然這確實是布羅的作風，但我這個哥哥還是希望他能乖乖去避難。

「不會吧……現在是怎麼回事？要是他們受到波及死掉了，我在那個時候派出女王不就沒意義了嗎？」

魔王大人一臉困擾地皺起眉頭。

……這句話到底是什麼意思？

如果直接解讀字面上的意思，魔王大人那句話就像是在說，她是為了幫助亞格納大人和布羅，才會派出女王蜘蛛怪。

可是，那個魔王大人會做這種事嗎？

這怎麼可能……

「巴魯多。」

就在這時，我的名字被叫了。

「屬下在此。」

我裝出平靜的樣子，努力不讓內心的動搖表現在臉上。

「你能不能跟布羅聯絡一下？」

然後就變成現在這個狀況了。

要是待在有女王蜘蛛怪那種神話級魔物四處作亂的地方，不管布羅什麼時候受到波及死掉都不奇怪。

現在的情況可說是分秒必爭。

要是布羅沒有回應的話，就表示他說不定已經……

我努力不讓自己繼續想下去，只暗自祈求能收到布羅的回應。

『呃……這樣有接通嗎？』

「布羅！」

也許是我的願望實現了，我聽到布羅的聲音。

『是大哥嗎！』

「沒錯！布羅！你沒事吧！」

『嗯，勉強算是吧。』

他的聲音比我預期的還要沉穩，讓我鬆了口氣。

既然他還能這樣講話，就表示他並非處於戰鬥狀態，也不是處在馬上就會受到波及死掉的危機之中。

如果是這樣的話，那我就非得告訴他這件事不可。

「布羅，白大人還會過去接你一次，你就別管那些部下了，跟她一起回來吧。」

『啊？』

聽到我這麼說，布羅憤怒地叫了出來。

『大哥，你的意思是，要我對部下們見死不救是嗎？』

「沒錯。」

布羅語帶威嚇。

但我不能就此退縮。

因為這件事不是關係到別人，而是關係到我唯一的弟弟的生命。

『大哥，就算這是你的命令，我也不可能照做。』

「……我就知道你會這麼說。」

布羅從以前就是這樣。

往往在不必要的時候特別重感情。

雖然這讓他受到部下的敬愛，但我希望他能看看時間跟場合。

「布羅，第七軍的士兵原本都是叛軍，你不用把他們的安危放在心上。」

『那都是以前的事情了吧？他們現在是我的部下。既然他們現在是我的部下，我就有理由把他們的安危放在心上。』

這個笨蛋！居然完全不顧慮我的心情！

「就算是這樣，你也要給我回來！……布羅，算我求你，比起那些傢伙，我更重視你這個弟弟……」

『大哥……』

比起第七軍那些不知道長相跟名字的士兵，我這個親弟弟重要多了。

雖然以一個身居上位的人來說，偏袒親人的我或許不合格，但這是我毫無虛偽的真心話。

『抱歉。』

「……你無論如何都要留在那裡嗎？」

我們兄弟之間的感情，可沒有差到讓我聽不出布羅道歉的意思。

我能正確理解他那句抱歉的意思。

結果，布羅似乎還是沒辦法對部下見死不救。

『沒錯。』

「是嗎。那你就小心別被捲入女王蜘蛛怪和勇者之間的戰鬥吧。還有，你一定要活著回來。」

就算我繼續說下去，布羅也不會改變心意。

既然如此，那我只能說出這種話，祈求他能平安無事了。

『大哥，這我明白。』

「反正勇者肯定會被女王蜘蛛怪殺掉。就只有因為受到波及而死這種丟臉的下場，你一定要設法避免。」

我半開玩笑地鼓勵他。

『……喂，大哥。』

聽到我這麼說，布羅一臉狐疑地發問。

「什麼事？」

『你怎麼這麼篤定勇者會被女王蜘蛛怪幹掉？』

「嗯？這不是理所當然的事情嗎？」

我完全無法理解布羅為何會對此感到疑惑。

「在魔王大人的眷屬中，女王蜘蛛怪恐怕是最強大的魔物，就算是勇者應該也沒有勝算吧。」

『……你說什麼？』

聽完我的見解，布羅的聲音變得嘶啞。

「布羅？怎麼了嗎？」

『……眷屬？』

「嗯……是啊。對了，你不知道這件事吧。那隻女王蜘蛛怪是魔王大人的眷屬。」

這麼說來，雖然我經常提醒布羅魔王大人有多可怕，卻不曾告訴他蜘蛛怪這種魔物都是魔王大人的眷屬這件事。

我總算明白布羅心生動搖的原因了。

『……大哥……』

「什麼事？」

『……既然是眷屬，就表示魔王本人比那隻女王蜘蛛怪還要強大嗎？』

「廢話。」

我敢斷言。

如果是透過調教之類的技能操控魔物的話，施術者也能操控比自己更強大的魔物。

可是眷屬不一樣。

眷屬必定是支配方比較強。

當主從的強弱關係逆轉的瞬間，眷屬支配這個技能就會失去效力。

因此，眷屬不可能比自己的主人還要強。

『……哈！原來如此！』

布羅自暴自棄地笑了出來。

聽到這個笑聲，我知道布羅總算親身體會到魔王大人的可怕了。

「你終於明白了嗎？」

『嗯。我現在徹底明白了。真是可惡！』

布羅自暴自棄地咒罵了一聲。

「那就好。」

這是我的真心話。

因為我覺得一旦他明白魔王大人的可怕之處，應該也會稍微改變自己的態度。

「雖然勇者說什麼要擊敗魔王大人，但那種事情根本不可能辦到。因為魔王大人的實力還要

遠遠強過女王蜘蛛怪。」
勇者恐怕連女王蜘蛛怪都打不贏吧。
即使說出那些豪言壯語，勇者恐怕連走到魔王大人面前都辦不到，只能死在這裡。
『……結果我們還是只能跟隨魔王嗎？』
「我們別無選擇。就是因為沒有，我們才要戰鬥。」
魔族就只有這條路可走了。
這就是一切。
魔族的存亡就賭在這一戰上了。
但是，比起整個魔族的存亡，布羅才是當前最重要的。
「布羅，你只要想著該如何讓自己活下來就好，懂嗎？」
『嗯，我會盡力而為。』
他的回答讓我心生某種無法抹滅的不安。
『那……我差不多該出發了。』
「啊……喂！布羅！布羅！」
雖然我試著呼喚布羅，但我在那之後就再也不曾聽過他的聲音了。

亞娜

人總是以陷入的方式走進愛情。

「這是我已經沒用了的意思是嗎？魔王大人……」

正當我驚訝地看著突然出現的女王蜘蛛怪時，聽到了與我們對抗至今的亞格納如此低語。

亞格納是個強敵。

他能一邊跟吉斯康對砍，一邊用魔法攻擊身為後衛的我和霍金，戰法十分巧妙。

他藉此讓哈林斯只能專心保護我們，使吉斯康陷入孤立。

雖然我的治療魔法讓吉斯康勉強挺住了，但就算可以治好身上的傷，也無法連體力一併恢復。

吉斯康的體力逐漸耗損，雖然霍金努力想要改變現況，一直試著用道具打亂戰局，但亞格納絲毫不受影響。

就算不拿尤利烏斯這個攻擊主力不在這件事當藉口，我們也依然是四個人一起上，才勉強跟他打成平手。

決。
而且我們還處於劣勢。
我以前從來不曾跟這樣的強者對決過。
雖然我知道世上存在著像尤利烏斯以及他師父羅南特大人那樣的強者，卻不曾跟那些強者對決。
直到今天，我才頭一次跟那種強者認真廝殺。
我很害怕。
心中有種不同於跟魔物戰鬥的恐懼。
即使身處這種狀況，我也沒有失去鬥志，都是因為尤利烏斯的存在。
只要繼續撐下去，等到尤利烏斯回來這裡，我們絕對會贏。
正因為懷著這種想法，我才能撐到現在。
可是……
女王蜘蛛怪的吐息直接擊中庫索利昂要塞。
在那道吐息通過的直線上，什麼都沒有留下。
什麼都沒有……
不管是那些堅固的城牆，還是城牆所保護的要塞核心，還是保護那裡的守軍，還是正在攻打那裡的敵軍，全都消失了……
「不會吧？」

自己的呢喃聽起來有種事不關己般的空虛感。

因為我不知道世上還有這種怪物。

不管對手是魔物還是人類，既然要戰鬥的話，就要為勝利而戰。

因為腦海中能夠浮現出自己擊敗對手的景象。

可是，我無法想像自己戰勝那種怪物的景象。

跟具有壓倒性實力差距的對手之間的戰鬥，已經不能算是戰鬥了。

那只能算是蹂躪。

我過去見過許多被蹂躪的存在。

就是那些被尤利烏斯親手擊敗的存在。

不管是魔物還是人類，在尤利烏斯面前，都是被蹂躪的一方。

他們也拚命抵抗過了。

可是，辦不到的事情就是辦不到。

面對贏不了的強敵，無論如何都贏不了。

而眼前的女王蜘蛛怪就是那種很明顯絕對打不贏的強敵。

我們正在做的事情是戰鬥，不是破壞。

面對女王蜘蛛怪那種就連要塞都能轟飛的破壞力，人類的戰技有跟沒有一樣。

即使我有辦法替傷患療傷，也沒辦法讓屍骨無存的人復活。

就算吉斯康擁有操控多種武器的技巧，那種大小的武器也只能造成擦傷，無法對抗那種巨大的敵人。

不管霍金花了多少錢，準備了多少道具，也沒辦法摧毀要塞。

憑哈林斯的盾牌，也只能落得連人帶盾牌一起被摧毀的下場。

這就是神話級。

這就是絕望。

真想稱讚沒有當場癱坐在地上的自己。

就在這時，從近距離傳來的金屬碰撞聲讓我的耳朵為之一震。

「別發呆！」

哈林斯怒叱，讓我有種猛然驚醒的感覺。

我居然會淪落到被哈林斯叱責的地步，真是太沒用了！

「我才沒發呆呢！」

「那就快點幹活！」

我連忙回嘴，他則回以我著急的吶喊。

那聲音讓我體認到情況變得比我想的還要糟糕。

危機感將我的意識拉回現實。

然後，我發現哈林斯在我身旁用盾牌擋住了亞格納的劍。

亞娜

「不會吧！」

都已經到了這種狀況，還要繼續打下去嗎！

啊！糟了！

吉斯康渾身是血倒在地上！

他似乎是在我發呆的時候，被亞格納打傷了。

「老爺！」

「笨蛋！別過來！」

霍金想要衝向受傷的吉斯康，但被哈林斯擋住攻擊的亞格納瞪了他一眼。

要是霍金現在衝出去，就會被亞格納幹掉！

「霍金，不要去！」

霍金無視我的制止衝了出去。

亞格納迅速離開哈林斯身邊，朝霍金逼近。

「嗚！」

雖然霍金也舉起小刀備戰，但面對亞格納這種就連吉斯康都只能勉強打平的高手，他不可能擋得住任何一劍。

哈林斯從後面追了上去，但他似乎追不上。

現在只能靠我了！

我立刻建構光魔法，朝向亞格納射出！

可是，亞格納似乎早就猜到我會這麼做，發出黑暗魔法抵銷我的攻擊。

然後，就在我無計可施的時候，亞格納揮劍砍向霍金。

「咕哇！」

霍金連同擋住劍的小刀一起被砍中。

小刀就跟木棒一樣被斬斷，劍就像是完全沒遇到阻礙般，砍在霍金身上。

「騙你的！」

「嗚！」

從霍金被劍砍到的傷口中冒出了一道白煙，噴向亞格納。

亞格納被白煙噴個正著，痛苦地閉上眼睛。

看來霍金在防具裡暗藏了奪走敵人視力的機關！

眼見亞格納退縮，隨後趕到的哈林斯拿盾牌砸了過去。

哈林斯的盾牌防禦力很強，而且非常重。

也能當成鈍器使用。

此外，儘管渾身是血，也依然起身衝過來的吉斯康，也從跟哈林斯相反的方向，舉起斧頭撲了上去。

雖然這不是事先說好的行動，但敵人已經失去視力，而我方又是在完美的時間點左右夾擊。

就算是亞格納這樣的強者，也沒辦法閃躲、防禦！

「喝啊！」

亞格納一邊發出怪聲，一邊空手擋住哈林斯的盾牌，並且用劍擋住吉斯康的斧頭。

竟然連那招都被擋下了嗎！

可是……！

「嗚！」

我放出的光魔法直接擊中亞格納的背部。

亞格納因為這股衝擊失去平衡，哈林斯和吉斯康立刻發動攻擊。

這次一定會成功！

就在我這麼想的瞬間，突然發生了爆炸。

嗚！這人也未免太誇張了吧！

亞格納讓黑暗魔法在原地爆炸，把哈林斯和吉斯康連同自己一起轟飛。

「咕哇！」

人在旁邊的霍金也被轟飛出去，在地上滾了幾圈。

雖然哈林斯在情急之下舉起盾牌成功防禦，但原本就身受重傷的吉斯康直接被魔法炸到，縮起身體倒在地上。

要是不快點替他治療，他會有生命危險！

然而，亞格納擋住了我的去路。

儘管身在爆炸的中央，承受最多的爆炸威力，亞格納也沒有倒下，依然阻擋在我前方。

在女王蜘蛛怪出現前的激戰中，亞格納也受了不少傷。

再加上剛才那陣攻防。

亞格納應該也已經滿身瘡痍，事實上，他身上到處都在流血。

即使如此，他那雙因為被煙霧刺激而染成赤紅的眼睛也沒有閉上，用充滿鬥志的目光讓人知曉他無意退讓。

哈林斯迅速移動到我和亞格納之間，舉起劍與盾牌保持警戒。

如果過不了亞格納這一關，就沒辦法替吉斯康療傷。

該怎麼辦！

就在這時，我在視野的角落瞥見霍金悄悄行動的身影。

他手裡拿著治療藥水，努力不被亞格納發現，偷偷走向吉斯康身邊。

雖然不曉得治療藥水能不能治好吉斯康的傷，但現在也只能交給霍金了。

既然如此，那就應該由我們來吸引亞格納的注意。

「為什麼……？」

我裝出忍不住說出這句話的樣子。

不過，這不光是演技，也是我的真心話。

因為現在明明不是做這種事的時候！

難道他沒看到旁邊那隻大怪物嗎！

「打倒魔王不就是勇者的任務嗎？」

「咦？」

亞格納突然笑了出來，開始說些莫名其妙的話。

「這是勇者剛才發下的豪言壯語。」

他是說尤利烏斯嗎？

也就是說，在跟我們戰鬥的同時，亞格納一直都在注意著尤利烏斯嗎？

怎麼會有這種男人？

怎麼會有這種屈辱？

也就是說，對亞格納來說，我們只是他對決勇者尤利烏斯之前的前哨戰罷了。

他要先擊敗我們，然後再跟尤利烏斯對決。

正因為他早就決定要那麼做，才會仔細觀察尤利烏斯的動向。

就在跟我們戰鬥的時候。

如果這不叫做屈辱，又該叫做什麼？

「這就是對他那句話的回答。」

亞格納無視我的心情，繼續說了下去。

他將視線移向女王蜘蛛怪。

「魔王大人是這麼說的。如果你辦得到的話，就放馬過來吧。呵呵呵。」

亞格納看似愉快，卻又有些悲傷地笑了出來。

他說那隻女王蜘蛛怪就是來自魔王的訊息。

原來那是在對尤利烏斯說「如果你辦得到的話，就放馬過來吧」的意思嗎？

聽他那種說法，就好像那隻女王蜘蛛怪就是魔王一樣……

「你的意思是，那就是魔王嗎？」

「怎麼可能。」

聽到我的低語，亞格納立刻加以否認。

我就知道。

那種怪物怎麼可能會是魔王……

「那只不過是魔王大人的其中一個手下罷了。」

……咦？

「當然，魔王大人本人比那種傢伙還要強大。」

…………咦？

「勇者啊……如果你連那種傢伙都打不贏，想要戰勝魔王大人只不過是痴人說夢罷了。」

亞格納笑了。

然後，從他的視線前方傳來一陣巨響。

「尤利烏斯！」

那是宣告女王蜘蛛怪與尤利烏斯正式開戰的聲音。

「那個笨蛋！」

哈林斯緊張地叫了出來。

他會忍不住大叫也是很正常的事。

因為就算是尤利烏斯，想要挑戰那種怪物，也實在太過無謀了！

「要挑戰嗎？這才是勇者該有的行為。不過，這很難說是聰明的決定。」

亞格納說得很有道理。

「但是，那種生存之道，我並不討厭。」

亞格納突然露出我未曾見過的平靜笑容。

可是，他下一瞬間就收回笑容，露出同情的眼神。

「不管是誰，都無法戰勝魔王大人。」

話語中有種莫名的真實感。

……我想起亞格納剛才那句「這是我已經沒用了的意思是嗎？」。

難道說……

「你過去曾經敗在魔王手上嗎？」

「所謂的魔王，就是魔族的頂點，事情就是這麼簡單。」

雖然亞格納沒有明說，但從他那種自嘲的笑容與那句話，便能得知他承認自己過去曾經輸給魔王。

「你說自己已經沒用了是什麼意思？」

我說出一直掛在心上的疑惑。

「就是字面上的意思。我們明明還在戰鬥，那傢伙卻出現了。這就表示魔王大人似乎決定把我跟你們一起葬送。」

我沒想到他會回答。

可是，亞格納很乾脆地解釋了理由。

亞格納被捨棄了。

被魔王捨棄了。

「那你為什麼還要戰鬥！」

都已經被魔王捨棄了，他為什麼還要跟我們戰鬥？

他明明應該沒理由跟我們戰鬥了才對。

「當然是為了魔族。」

「可是，你不是被魔王捨棄了嗎！」

「那又如何？」

「咦？」

我無法理解亞格納這句話的意思。

「我這條命已經獻給魔王大人了。因為我判斷只有這麼做，才能替全體魔族帶來利益。不管是要徹底利用我，還是要除掉我，全都視魔王大人的心情而定，我絕不會有意見。」

那種覺悟與想法令我不寒而慄。

明明可以對話，我卻無法理解他那些話的意思。

那種就算自己被殺也無所謂的想法，我實在無法理解。

換句話說，就算在此犧牲自己的生命，亞格納也不會有一句怨言。

「我接到的命令是攻打庫索利昂要塞以及討伐勇者，既然如此，在成功達成任務以前，我都不會停止戰鬥。」

亞格納重新舉起劍。

「好啦，我已經給你們時間了。」

那句話讓我猛然驚覺。

仔細一看，霍金已經平安抵達吉斯康身邊，並且使用了治療藥水。

可是，吉斯康依然處於無法戰鬥的狀態。

「我也爭取到療傷的時間了。」

聽到這句話，我才發現就跟我們想要爭取時間一樣，亞格納也在替自己爭取時間。

他似乎靠著ＨＰ自動恢復或某種技能替自己療傷了。
正因為雙方利害一致，才有剛才的暫時休戰。
既然如此，那治好傷的亞格納接下來的行動就是……
「哈林斯！」
「我知道！」
哈林斯拔腿就跑。
亞格納也在同時採取行動。
他的目標是霍金跟倒地不起的吉斯康！
為了確實解決掉他們兩個，亞格納衝了出去。
霍金和吉斯康就位在隔著亞格納的另一邊。
換句話說，如果亞格納衝向他們，就會背對我們。
可是……
「我追不上！」
憑哈林斯的速度，是追不上亞格納的。
雖然哈林斯的速度也不慢，但身為前衛的他，能力值比較偏重防禦。
更何況，基礎能力本來就是亞格納占有優勢。
敵人明明露出毫無防備的背部，我們卻無法追上他。

既然這樣的話！

我朝向他的背部放出光魔法。

雖然用雙腿追不上他，但用魔法就能輕易追上！

亞格納連看都不看就往旁邊一躲，避開了我的光魔法。

！

從剛才開始，我的魔法就幾乎全被躲過！

難不成他背後有長眼睛嗎！

照理來說，魔法可不是這麼好閃躲的東西。

即使是高手，也很難躲過飛行速度比弓箭還要快的魔法。

而亞格納卻精準地避開了。

這簡直就是神乎其技。

不過，他肯定躲不過接下來這一擊！

哈林斯大幅揮動手臂，把盾牌扔了出去。

他的盾牌不是普通的防具。

有時候還能當成毆打敵人的鈍器，有時候也會像這樣當成砲彈丟出去。

當然，前衛主動丟掉盾牌就跟自殺沒兩樣，所以哈林斯也很少用這招。

正因為如此，這招才能讓敵人意想不到，變成哈林斯的絕招。

化為砲彈的盾牌襲向衝到霍金面前的亞格納。
就在盾牌擊中亞格納頭部的前一刻，他歪頭躲過了盾牌。
他竟然連這招都躲過了嗎！
居然厲害到這種地步，看來亞格納可能真的擁有能看見後方景象的技能。
就算不能真的看見，也應該擁有能以同樣的準確度確認後方狀況的技能。
換句話說，從背後偷襲對他並不管用。
「嗚！」
可是，就算是這樣的超人，也無法應付來自正前方的偷襲。
霍金的小刀刺進亞格納的腳。
先是避開我的魔法，又避開哈林斯的盾牌，還要再躲過霍金從正前方刺出的小刀，果然還是太難了。
「霍金！」
不過，代價就是霍金直接被亞格納揮劍砍中。
鮮血四處飛散。
這次跟剛才不一樣，不是為了發動破壞敵人眼睛的機關而故意挨劍。
那把劍深深地斬過霍金的身體。
「你是個可敬的敵人。」

亞娜

霍金倒下了。

「可惡！」

雖然哈林斯揮劍砍向亞格納，但亞格納轉身擋下了這一劍。

就憑失去盾牌的哈林斯，是沒辦法跟亞格納過招的。

「喝啊！」

可是，有別於我的預期，哈林斯的力量壓過亞格納，讓他失去了平衡。

然後，渾身是血的吉斯康站了起來，用手上的劍砍向失去平衡的亞格納。

「咕哇！」

身手明顯變得遲鈍的亞格納，被吉斯康用纏繞著火焰的魔劍砍中了。

可是，吉斯康也因為這一擊耗盡體力，就這樣再次倒在地上。

「嘿嘿！以垂死掙扎來說，我這招還算夠力吧？」

吉斯康倒下了，但他卻揚起了嘴角。

而倒在他身旁的霍金也同樣揚起嘴角。

看到霍金手中的小刀，我才明白亞格納的身手突然變遲鈍的理由。

因為那把小刀是尤利烏斯從羅南特大人那邊得到的其中一把魔劍。

那是把附加了麻痺與雷擊效果的魔劍。

就是那種麻痺的效果，讓亞格納的身手變得遲鈍。

「擺平他！」
「沒問題！」
吉斯康大喊一聲。
哈林斯也做出回應。
他一劍刺中因為吉斯康那一擊而失去平衡的亞格納。
那把劍深深刺進亞格納的胸口。
「嗚！別小看我！」
亞格納大聲吶喊。
朝向哈林斯揮劍反擊。
「嗚喔！」
哈林斯趕緊用手甲擋住那一擊，卻因為這樣放開了劍。
他往後跳開，拉開跟亞格納之間的距離。
幸好因為麻痺與傷勢的緣故，亞格納這一擊完全使不上力氣。
哈林斯似乎沒有受傷。
「咕哇！」
亞格納吐血了。
即使如此，他也沒有倒下。

「真是失策……可是，我還能打……」

說完，他試著重新擺出架式。

那種執著真是太可怕了。

到底是為了什麼樣的目的，讓他不惜做到這種地步？

「為了……魔……」

亞格納舉起了劍。

赤手空拳的哈林斯壓低重心保持警戒。

「……？」

可是，不管過了多久，亞格納都沒有行動。

哈林斯走向亞格納。

「……他死了。」

亞格納就這樣擺著架式力竭而亡了。

……真是個可怕的強敵。

我過去從來不曾面對實力如此強大，而且信念這般堅定的敵人。

沒想到世上還有這種即使死了也不願意放下劍的人。

不對，現在可不是佩服敵人的時候！

「霍金！吉斯康！你們沒事吧！」

我衝向倒在地上的兩位同伴，立刻施展治療魔法。
「很難算是沒事，可是至少還活著。」
「我也是。」
吉斯康與霍金用有氣無力的聲音回答我。
可是，他們臉上都掛著笑容。
「老爺，我有幫上忙嗎？」
「當然有。多虧有你，我們才能獲勝。」
聽到吉斯康這麼說，霍金露出得意的笑容。
的確，要是沒有霍金的話，我們就打不贏亞格納。
奪去視力與麻痺小刀。
霍金兩次以身涉險，替我們創造出大好機會。
正因為有掌握住那些機會，我們才能戰勝。
如果沒有霍金參戰，直接跟亞格納正面對決的話，我們肯定無法獲勝。
「但是，看來我們只能到此為止了。」
吉斯康緩緩挺起上半身。
「亞娜、哈林斯，別管我們了，你們快走吧。」
往吉斯康手指的方向看過去，我看到女王蜘蛛怪的威容。

亞娜

而尤利烏斯正在那裡奮戰。

「可是，你們兩個的傷要怎麼辦？」

「妳的治療魔法已經讓我們好多了，而且還有治療藥水，我們死不了的，但也沒辦法重回戰線了，我和霍金都是。」

這也是理所當然的事。

因為他們的傷勢都不輕。

不，不只是傷得不輕，這種傷勢已經……

「我們不會扯你們後腿，等到用治療藥水治好傷後，就會去避難了。哈林斯，你去把尤利烏斯帶回來吧。」

「嗯，我知道了。亞娜，我們走吧。」

「等……等一下！」

「別等了，快去吧！」

「不用在意我們。」

吉斯康揮了揮手，催促我們趕緊離開，霍金則倒在地上，笑著輕輕揮手。

哈林斯拉著我的手，把我帶離他們身邊，正在施展的治療魔法也中斷了。

「等一下！哈林斯！你先等一下啦！」

哈林斯無視於我的制止，繼續拉著我的手走。

「吉斯康跟霍金的傷……！」

「我知道！」

他的怒吼聲讓我的身體猛然一震。

「……我都知道。所以，我不能讓他們的好意白費。」

原來……

原來哈林斯也知道。

知道他們的傷其實是致命傷……

那不是能用治療藥水治好的傷。

他們受到的傷，是就算我使出全力，也不見得就能治好的重傷。

我一直以聖女的身分從事醫療活動，判斷不可能有錯。

換句話說，如果我使出全力，說不定還有機會救回他們。

然而，他們要我們去找尤利烏斯，是因為希望我們優先拯救尤利烏斯，而不是他們自己。

不管是吉斯康還是霍金，都已經做好犧牲生命的覺悟。

「……嗚！」

淚水不受控地流了下來。

他們兩人是我重要的同伴，也是可靠的監護人，更是溫暖的家人。

儘管在勇者團隊中是對等的同伴，他們也因為自己較為年長，而一直擔任在旁邊守候著我們的監護人。

他們就像是這個團隊的父母一樣，對於在教會長大的我來說，他們才是真正的家人。

而他們兩人就要死了。

天氣明明並不寒冷，我卻覺得彷彿全身都被凍僵，身體抖個不停。

思緒亂成一團，意識也變得朦朧。

我有一瞬間甚至分不出這裡是夢境還是現實。

可是，就算我逃避也沒有意義。

這就是現實。

我們失去了重要的同伴。

因為從事聖女這個職業，我經常接觸到別人的死亡。

像是因為治療無效而死去的傷患。

也曾經奪走勇者團隊的敵人的生命。

不過，即使那些死亡都發生在身邊，卻給我一種事不關己的感覺。

這或許是因為在內心的某個地方，我已經認定我們絕對不會出事。

只要有尤利烏斯在，就絕對不會有問題。

我放任自己沉浸在這樣的安心感中。

畢竟過去幾乎不曾遇到身為勇者的尤利烏斯有生命危險的場面，我便想要相信以後也不會遇

到那種場面。

正因為尤利烏斯本人已經做好遲早會遇到那種場面的心理準備，我才會祈求那種場面不要到來。

事實上，雖然在跟上位竜種與土精戰鬥的時候，我們曾經遇到讓人捏了把冷汗的場面，但至今還不曾遇到走投無路的危機。

這場戰爭肯定也不會有問題。

我是這麼想的。

沒錯，我想要讓自己這麼想。

可是，吉斯康跟霍金已經……

而且尤利烏斯現在的對手是女王蜘蛛怪。

那是跟過去讓哈林斯身受重傷的不死鳥一樣強大，危險度屬於神話級的魔物。

就算是尤利烏斯也不可能戰勝。

死亡——

我的腦海中浮現出尤利烏斯戰死的模樣。

我好怕……

我好怕！我好怕！我好怕！

我不要！我不要！我不要！

亞娜

光是想到尤利烏斯會死，我就害怕得不得了。

我已經失去吉斯康與霍金，要是連尤利烏斯都死了，我一定會受不了！

我重新把力量灌注在快要不聽使喚的雙腿上，被哈林斯拉著手奔跑。

現在可不是逃避現實的時候。

我非做不可。

我一定要去幫助尤利烏斯。

然後，我看到尤利烏斯了。

「……啊！」

我倒抽一口氣。

尤利烏斯已經傷痕累累了。

可是，他還站在那裡，穩穩地舉著劍與女王蜘蛛怪對峙。

他還活著。

在感到放心的同時，他渾身是傷的模樣，也讓我看到了他死亡的幻覺。

相較之下，女王蜘蛛怪依然健在。

在牠身上找不到任何傷口，龐大的軀體就跟剛出現時一樣威風凜凜。

而那隻女王蜘蛛怪抬起一隻前腳，朝尤利烏斯踩了過去。

「尤利烏斯！」

我忍不住叫了出來，但聲音被一陣轟然巨響蓋過，連我自己都聽不太到。

牠只是大腳一踩。

光是這樣就能貫穿地面，掀起土石，掀起沙的洪流。

尤利烏斯的身體在地上翻滾。

他並沒有被直接擊中。

尤利烏斯確實避開了女王蜘蛛怪那一腳。

可是，就算沒有直接踩到，光是那股威力的餘波，就能往周圍放出足以輕易把人轟飛出去的衝擊波。

看到尤利烏斯在地上翻滾的模樣，我背脊發冷。

不知道他會不會就這樣永遠倒地不起的不安湧上心頭。

幸好尤利烏斯馬上就站了起來，讓我白擔心了一場。

可是，如果他繼續跟那隻女王蜘蛛怪打下去，我的擔憂顯然再過不久就會成真。

因為這連戰鬥都算不上。

只是單方面的蹂躪。

尤利烏斯連萬分之一的勝算都沒有，結局早就決定好了。

而我必須改變那種結局。

「尤利烏斯！你快點退下！」

「？哈林斯！亞娜！」

哈林斯衝到尤利烏斯前面，舉起了盾牌。

在女王蜘蛛怪面前，那面總是能讓人放心躲在後面的盾牌變得跟片薄薄的木板一樣靠不住。

我來到尤利烏斯身旁，立刻對他施展治療魔法。

「不行！你們兩個快逃！」

「混帳東西！該逃走的人是你！我來爭取時間！亞娜！妳快點帶著那傢伙逃走！」

「嗚！……我知道了！」

我有一瞬間猶豫了。

不過，我最後選擇聽從哈林斯的指示。

就算說要爭取時間，面對女王蜘蛛怪這種怪物，哈林斯不可能擋得住。

即使如此，哈林斯依然賭命站了出來。

我不能把這些寶貴的時間浪費在猶豫上。

我們是勇者團隊。

最需要優先保護的目標是勇者尤利烏斯的生命。

就算沒有那種基於義務的使命感，我們所有人也都希望尤利烏斯能夠活下去。

畢竟吉斯康與霍金寧可要我別救他們，也要叫我們來救尤利烏斯。

我不能讓他們的決心白費。

這也是為了現在正在賭命為我們爭取時間的哈林斯。
「尤利烏斯！我們走吧！」
我拉住尤利烏斯的手。
可是，他動也不動。
「我不能在這種時候逃跑！」
說完，他準備上前挑戰女王蜘蛛怪。
不可能。這太亂來了。
不管是誰來看，都不會覺得他有勝算。
實力差距太懸殊了。
對於明知會死也依然選擇赴死這種行為，人們都是這麼說的。
那只是白白送死。
「尤利烏斯！你一定要逃走才行！」
「不行！我是勇者！不能在這種時候逃跑！」
「就因為你是勇者，你才更應該逃跑！你必須活下去才行！」
在這裡爭執也只是浪費時間。
就在我這麼想的瞬間，哈林斯的身影從我眼前消失了。
一陣強風隨後吹了過來。

亞娜

我忍不住伸手掩住臉。

當那陣風終於停下，我轉頭看向前方，才發現女王蜘蛛怪已經來到面前。

「……啊。」

哈林斯怎麼不見了？

我不曉得發生了什麼事。

可是，女王蜘蛛怪肯定對他做了什麼，我猜他八成是被那隻前腳踢走了。

如果是這樣的話，那哈林斯或許是為了保護我們，才會被女王蜘蛛怪踢走。

他平安無事嗎？

雖然擔心哈林斯的安危，但我們必須先擺脫這種狀況。

尤利烏斯想要走向前方。

我使盡所有力氣，抓著他的手往後拉。

當我剛認識尤利烏斯時，最先對他懷有的感情便是親切感。

也可以說是一種同類意識吧。

我身為聖女候選人，從小就一直在教會裡專心修行。

如果要問我有沒有才能，可以說有，也可以說沒有。

雖然我還算優秀，但還有其他比我更優秀的聖女候選人。

我只是因為跟尤利烏斯年紀相同，才得以踢開那些比我更優秀的聖女候選人，當上了聖女。
因為沒想過自己會被選上，我剛開始時也喜出望外。
可是，在那之後我很快就明白，踢開那些聖女候選人前輩當上聖女到底是怎麼一回事了。
當上聖女，等於是把那些沒能當上聖女的聖女候選人踩在腳下。
我必須做個不會令她們蒙羞的聖女才行。
我知道自己非得承擔這種壓力不可。
尤利烏斯跟我一樣，也承擔著身為勇者的壓力。
所以，我才會擅自對他懷有一種親切感。
可是，跟人口買賣組織的抗爭讓我體認到了一個事實。
那就是──被神選上的勇者，與被人選上的聖女，根本完全不一樣。
尤利烏斯是貨真價實的勇者。
他嫉惡如仇，充滿正義感，在荊棘之道上勇往直前，胸中懷有一直戰鬥下去的覺悟。
他不是像我這樣被「不得不這麼做」的觀念強逼著前進，而是出於自己的意願走上這條路。
因為被別人灌輸這種觀念而當上聖女的我，跟自願走上這條路而被選為勇者的尤利烏斯雖然很像，卻又完全不同。
所以，我接著對他懷有的感情，就是強烈的崇拜。
那是冒牌貨對真貨的崇拜。

只要跟尤利烏斯在一起，我這種虛假的正義感，或許有一天會變成真貨。
而那會讓我非常開心。
話雖如此，但我們的日子過得很匆忙，根本沒時間思考那種事情。
那些跟尤利烏斯一起奮戰的日子，雖然很忙碌，但也非常充實。
那是因為尤利烏斯永遠是為正義而戰。
他一直都在為自己相信的正義而戰。
儘管有時候會陷入苦惱，但他總會盡全力把事情做到最好。
光是要跟上他的腳步，就讓我忙得暈頭轉向。
不過，只要想到那是在幫助世人，幫助尤利烏斯，就讓我有種充實感。
結果，那種崇拜在不知不覺間變成愛情了。
連我自己都沒發現那是什麼時候發生的。
我們之間並沒有發生什麼戲劇性的事件，當我回過神時，就已經愛上他了。
我想一直待在他身邊，跟他並肩而行。
我是這麼想的。
所以，其實我早就知道了。
我知道尤利烏斯不打算跟任何人結婚。
也知道他明白我的心意，卻無意回應我的感情。

我覺得他很過分。

讓人愛上他，卻不打算回應對方的感情，簡直就是差勁透頂的花花公子。

可是，我就是沒辦法討厭他。

因為我知道尤利烏斯沒有回應我的感情，是他對我的一種體貼。

尤利烏斯總是為自己的弱小而感嘆。

他覺得如果自己的實力更強，或許就能拯救某些人了。

他也知道因為自己實力不足，所以遲早會做出無謀的舉動失去生命。

到時候，如果他有著婚姻關係，就會讓對方為他傷心。

所以，他說自己不會跟任何人結婚。

我覺得這很像尤利烏斯的作風。

照理來說，不會有人這麼想。

因為這種想法完全沒把他自己的幸福考慮進去。

我覺得尤利烏斯的缺點，就是他太過像個勇者了。

他是為了成為世人的希望，成為替世人帶來幸福的使者，儘管渾身是傷也依然奮戰不懈的勇者大人。

他自己的幸福只是其次。

他是自我犧牲精神的結晶。

亞娜

所以，他認為自己會是第一個死的人。

可是……

吶，尤利烏斯，你知道嗎？

希望你能活著的人，希望你能幸福的人，在這個世界上多得是。

就像你希望別人得到幸福一樣，我們也希望你得到幸福。

所以，我希望你能活下去。

我使勁拉扯尤利烏斯的手，把他推到後面。

尤利烏斯當時的表情充滿了驚訝。

我又是什麼樣的表情呢？

雖然我不是什麼美女，但至少要以最棒的表情迎接最後一刻。

希望我能露出最棒的笑容。

女王蜘蛛怪巨大的腳從我頭上逼近。

尤利烏斯，你要活下去。

你要得到幸福。

可是……

在如此祈求的同時，我又希望自己能變成尤利烏斯心中的傷痕，永遠留在他心裡。

懷有這種想法的我，還真是個過分的女人。

人總是以陷入的方式走進愛情，而且憑本人的意志無法阻止。

我不斷陷入，永無止境地陷入。

可是，對於愛上你這件事，我並不後悔。

尤利烏斯

有相遇，就有離別。
我第一次離別的對象，是母親大人。
她本來就不是身強體壯的人，自從生下修以後，身體狀況變得更差，結果就這樣過世了。
難道那不是正妃下的毒手嗎？
雖然也有這樣的傳聞，但我覺得正妃應該不會做出那種事。
就立場上來說，正妃很難算是我的同伴，但在這種地方是可以信任的。
不管是好是壞，那人都是國家的一個齒輪。
她應該不會做出對國家沒好處的事才對。
……老實說，母親大人過世的真相，對我來說並不重要。
我只是不想怨恨任何人罷了。
母親大人過世讓我非常悲傷，而我不想把那種悲傷變成對某人的怨恨。
據傳是凶手的正妃。
還有犧牲母親大人的命才得以出生的修。

我不想怨恨任何一方。

尤其是修，要是我恨他的話，就像是在否定母親大人活過的證據一樣，而這讓我感到畏懼。

因為個人的情感而怨恨某人，一點都不像是勇者的作風。

讓母親大人引以為傲的勇者，不應該懷有那種情感。

我這麼告訴自己，讓自己不去怨恨別人，只對母親大人的死感到悲傷。

不過，唯一讓我感到怨恨的，就是自己太過無力。

如果我更有本事的話，說不定就能幫助母親大人了。

而這種想法一直沒有消失。

我見過因為人口買賣組織而失去親人的人們。

見過親人被魔物殺死的人們。

見過裝有迪巴先生屍體的棺材。

『人終有一死，這是不變的道理，也不能選擇死法。可是，我們可以選擇自己的生存之道。重點不是怎麼死，而是怎麼活。自己是不是能對死者做些事情這種想法，只不過是生者的自私。生者只需要悼念死者的死，緬懷死者的生存之道就夠了。』

我師父羅南特大人是這麼說的。

我總是希望自己能變得更有本事。

每當我這麼想的時候，就會想起師父的這些話。

人終有一死。

這就表示離別的時刻必定會到來。

那種事情無可避免，而師父應該經歷過遠遠比我多的離別。

正因為如此，為了讓自己毫無後悔地迎接那一刻，我們才必須一直全力過活。我覺得這就是他那些話的意思。

不過，正因為我已經全力過活，才不想見到別人在我眼前死去。

只要別人位在我力所能及的地方，我就想要拯救。

即使我其實力所不能及，我也要想方設法拯救。

就算結果會使我自己受傷亦然。

我覺得那就是我的生存之道。

要是聽到我這麼說，師父肯定會生氣吧。

可是，我果然還是無法改變自己的生存之道。

師父，你的徒弟肯定不會長命。

『好，這是師父的命令，不准比我早死，聽到沒有？要是我死了，你要哭得比今天更慘，還要趴在我的棺木上哭。』

師父，我可能無法聽從這個命令了。

所以，到時候就請你對著我的棺材破口大罵吧。

尤利烏斯

就罵「你這個笨徒弟！」吧。

沒錯，我已經做好必死的覺悟了。

可是，我又不希望別人死去。

所以，我早就決定自己要第一個死了。

我明明這麼決定了，可是……

在我眼前，亞娜的身影消失在女王蜘蛛怪腳下。

我無法把現在發生在眼前的事情當成現實去理解。

亞娜直到剛才還在我身邊。

她剛才還抓著我的手，殘留的體溫也還沒散去。

可是……

我現在已經看不到亞娜的身影了。

她消失了。

她剛才明明還在那裡。

她就站在那裡……

然後，我看到女王蜘蛛怪的腳。

而亞娜就在那隻腳下面……

「我得去救她……」

聽到自己的呢喃聲，我猛然驚醒。

沒錯。

我到底在發什麼呆啊？

我必須立刻救出亞娜才行。

沒事的，還來得及。

一定來得及！

我搖搖晃晃地走向女王蜘蛛怪。

「你在發什麼呆啊！」

有人從後方拉住我的手。

對方還按住我的頭，硬是把我壓倒在地上。

女王蜘蛛怪的腳從我頭上通過。

那是牠的掃腿攻擊。

即使是我這個能力值出色的勇者，直接被踢中的話也必死無疑。

明白自己撿回了一條命後，我總算稍微冷靜下來了。

「哈林斯？」

「哦！你總算清醒過來了嗎！」

壓倒我的人正是哈林斯。

他跟我一樣趴在地上，躲過了女王蜘蛛怪這一擊。

他的額頭流血了，呼吸也很急促。

引以為豪的盾牌扭曲變形，根本看不出原形。

仔細一看，他的左手也往奇怪的方向扭了。

為了讓我們逃跑，哈林斯剛才挺身面對女王蜘蛛怪，結果挨了牠一擊。

雖然哈林斯似乎用盾牌擋住了那一擊，但還是受到了非比尋常的傷害。

「哈林斯！你的手！」

「現在是說那種話的時候嗎！我們快逃吧！」

哈林斯靠著沒被擊碎的右手站了起來，然後立刻抓住我的衣領，讓我站了起來。

「等一下！得去救亞娜才行！」

「！」

我站在原地不願離開，哈林斯露出快要哭出來的表情。

「亞娜已經死了！」

然後，他說出來了。

說出那個決定性的事實。

世界的時間彷彿暫停了。

其實我早就知道了。

只是不想承認罷了。

亞娜已經死了。

她被女王蜘蛛怪一腳踩死了。

「為了挺身保護你的亞娜，你一定要活下去才行！」

哈林斯抓住我的肩膀，使勁一拉。

然後就這樣跟我一起往後跳開。

女王蜘蛛怪一腳踩在我們剛才站著的地方。

亞娜剛才就是被那隻腳踩死的。

那一瞬間，我心裡有某種東西斷掉了。

「尤利烏斯！你站得起來嗎！」

「沒問題。」

從我口中吐出了一點都不像我的冰冷聲音。

「尤利烏斯？」

「哈林斯，你先走吧。」

「你在說什麼傻……」

「我一定要殺了這傢伙。」

我的氣魄讓哈林斯倒抽了口氣。

我站了起來，舉起了劍。

「尤利烏斯！這太亂來了！」

雖然哈林斯出聲制止，但我聽不進去。

因為個人的情感而怨恨某人一點都不像是勇者的作風。

可是，接下來不是勇者的戰鬥，而是我尤利烏斯・薩剛・亞納雷德個人的戰鬥！

我把哈林斯往後一推。

下一瞬間，女王蜘蛛怪出腳橫掃過來，但我彎腰躲過了。

女王蜘蛛怪體型巨大。

因為體型巨大，所以攻擊方式也很單調。

雖然動作快得非比尋常，但只要知道攻擊會來，就一定有辦法閃躲！

「尤利烏斯！」

哈林斯的喊叫從身後傳來，但我還是頭也不回地前進。

我運用空間機動衝到空中，然後順勢跳進女王蜘蛛怪懷裡。

目標是腳的根部。

關節的接縫。

憑我的力量，恐怕無法對牠堅硬的外殼造成任何傷害。

不過，關節的接縫或許就有辦法！

鏘——！

可是，我的劍被無情地彈開了。

別說是外骨骼了，就連對看似脆弱的關節接縫都沒辦法造成任何傷害嗎？

我怎麼會這麼弱！

我太弱了！

自己的無力讓我感到氣憤。

但我連生氣的時間都沒有，女王蜘蛛怪的身體就壓了下來。

這傢伙想用身體壓死我嗎！

憑女王蜘蛛怪的巨大身軀，應該很輕易就能辦到吧。

因為牠身體龐大，導致攻擊範圍也很大，讓我無法閃躲！

我無法避開女王蜘蛛怪壓過來的身體，整個人被往下擠壓，眼看就要受到地面的夾擊。

可是，我在前一刻施展土魔法，在我跟地面之間，創造出能讓我一個人躲進去的空洞。

我鑽進洞裡，讓自己避免受到衝擊。

也許是誤以為自己成功壓死我了，女王蜘蛛怪很快就挺起身體。

我趁機從地下爬出來逃走。

這傢伙果然很強。

尤利烏斯

雖然我早就知道了，但神話級果然不是浪得虛名。

不管是迷宮惡夢也好，還是不死鳥也好。

我至今遇到的所有神話級魔物都很強大。

這隻女王蜘蛛怪也是一樣。

在前面的戰鬥中，我已經徹底感受到女王蜘蛛怪的強大。

女王蜘蛛怪的強大之處，就在於那種單純的超強能力值。

雖然利用巨大軀體使出的踢腿攻擊非常單調，卻有著足以當成必殺技的威力。

而且還有能夠無視我方攻擊的超強防禦力。

雖然很單純，卻也因此讓攻略方法變得有限。

換句話說，足以貫穿對方防禦力的攻擊力，是不可或缺的條件。

從我這個勇者的一擊完全不管用時，就能知曉這個條件有多麼難以達成了。

但是，我不能就此退縮。

我不想退縮！

沒錯，我非常清楚。

亞娜會死都是我害的。

都是因為我堅持不肯逃走，亞娜才會為了保護我而死。

是我的固執與身為勇者的責任感殺死了她！

都是因為我太弱了！都是因為我的實力不夠強！

如果不想讓亞娜的心意白費，逃跑肯定才是正確的選擇。

可是，那會讓我無法原諒自己。

我好恨。

恨不夠強大的自己。

還有這隻殺死亞娜的女王蜘蛛怪！

『要用嗎？』

就在這時，一道聲音直接在腦海中響起。

在那道聲音的指引下，我看向掛在腰際的另一把劍。

聲音的主人正是寄宿在那把劍裡的光龍畢可。

而那把劍就是勇者劍。

據說那是一把只有勇者能用的劍，擁有只能使用一次，卻能擊敗任何敵人的力量。

畢可問我要不要使用那把劍。

「……我不用。」

老實說，如果說這個提議對我沒有吸引力，那就是騙人的。

女王蜘蛛怪是可怕的魔物。

正面對決很難打贏牠。

可是，如果使用號稱可以擊敗任何對手的勇者劍，或許就能成功擊敗牠。

當我得到這把勇者劍時，曾經告訴畢可我不會使用這把劍。

那是因為我覺得就算用這把劍擊敗某人某物，靠著不屬於自己的力量辦到那種事，也無法得到真正的和平。

即使到了現在，這種想法也沒有改變。

我相信真正的和平得靠著活在當下的人們不斷努力，才能慢慢建立起來。

可是，這不是我現在不使用勇者劍的理由。

「要是我現在就用掉，不就沒辦法對魔王使用了嗎？」

這隻女王蜘蛛怪恐怕是被魔王派來這裡的吧。

剛才那位名叫布羅的魔族將領曾經說過，魔族會發起戰爭，都是因為魔王的緣故。

還說如果他們不這麼做，就會被魔王消滅。

現在我懂了。

如果魔王是實力強大到能夠使喚女王蜘蛛怪的傢伙，那魔族確實只能照著魔王的意思去做。

換句話說，魔王就是一切的元凶！

既然如此，那這把勇者劍就只能用在魔王身上。

「雖然之前說了那種大話，但我還是決定使用勇者劍。不過，我要用在魔王身上。」

我好恨。

恨不夠強大的自己。

還有殺死亞娜的女王蜘蛛怪。

而最可恨的傢伙，就是派出那隻女王蜘蛛怪的魔王！

只要使用一次，勇者劍就會失去力量。

憑我的實力，肯定無法戰勝能夠使喚女王蜘蛛怪的魔王。

如果不依賴勇者劍的力量，就絕對辦不到。

我是個弱者。

如果想要完成某件事情，我的力量實在太過微不足道了。

甚至連喜歡的女孩子都保護不了……

雖然很沒出息，但就是因為這樣，到時候我才要依賴這把劍的力量。

「到時候就請你助我一臂之力吧！」

『……如果那是你的願望，那就這麼辦吧。』

「感激不盡。」

『你不用道謝。可是，你打算怎麼處理這傢伙？』

眼前是女王蜘蛛怪威風凜凜的身影。

「打贏牠。」

老實說，我幾乎毫無勝算。

就算是這樣，我也要打贏。

「要是我輸了，到時候就去那個世界向亞娜拚命道歉吧。」

那樣或許也不錯。

不管是贏還是輸，都不會留下遺憾。

做出這個決定後，我的心情舒暢多了。

但我完全不打算戰敗。

我要替亞娜報仇。

就算那不是亞娜期望的事情，我也要去做。

一切只是因為我想要為她而戰！

這不是勇者的戰鬥，而是我尤利烏斯・薩剛・亞納雷德個人的戰鬥。

「我要上了！」

我開始建構魔法。

要小聰明的伎倆對牠不管用。

我要使出自己的全力！

這招是聖光魔法中的聖光線。

光線直接命中女王蜘蛛怪。

女王蜘蛛怪的巨大身軀雖然是強大的武器，但也讓牠變成了巨大的活靶。

可是，牠擁有能無視這個缺點的防禦力。

即使被聖光線直接擊中，女王蜘蛛怪身上也沒有半點傷痕。

我早就猜到會是這種結果。

不會因為這點小事就畏懼！

女王蜘蛛怪的八隻眼睛緊盯著我。

下一瞬間，牠的其中一隻腳消失了。

那隻腳並不是真的消失。

只是用快到給人這種錯覺的速度甩出去罷了。

「咕！」

我趕緊往旁邊跳開，沒有被直接踢中。

即使如此，彷彿身旁發生大爆炸般的衝擊依然向我襲來。

可是，我沒時間因為那股衝擊而畏縮。

另一隻腳消失了。

儘管那是個龐然大物，速度卻快到肉眼追不上。

我只能依靠直覺閃躲，避免停在原地不動。

一陣風呼嘯而過。

我知道那是女王蜘蛛怪出腳時掀起的強風。

我只能拚命移動雙腿，四處逃竄。

同時還得跟說不定下一瞬間就會被踩死的恐懼戰鬥。

可是，光是一直逃跑，是不會有勝算的。

我一邊移動雙腿，一邊建構魔法。

然後，我發出聖光線。

目標是敵人的眼睛！

不管是任何生物，眼球都是弱點之一。

雖說女王蜘蛛怪擁有超出規格的防禦力，眼睛應該還是弱點才對。

像是要證明我的推測一樣，先前一直沒把我的攻擊放在心上的女王蜘蛛怪，頭一次做出閃躲的行動了。

牠躲開了射向自己眼睛的聖光線。

這就代表如果聖光線能直接擊中眼睛，就算是女王蜘蛛怪也會受傷。

可是，這同時也證明了女王蜘蛛怪能夠躲過我的聖光線。

聖光線從發射到命中幾乎不會有時間差。

儘管速度快到這種地步，也還是沒能命中。

聖光線是一種需要花費不少時間建構，很容易因為預備動作就被看穿的魔法。

可是，女王蜘蛛怪剛才是在我射出聖光線以後才閃躲的。

也就是說，那傢伙的移動速度就跟聖光線一樣，甚至還要更快。

女王蜘蛛怪之前一直沒有閃躲我的攻擊，並不是因為無法閃躲。

只是因為不需要閃躲罷了。

如果我要對女王蜘蛛怪造成傷害，就只能先讓那傢伙停止行動，然後使盡全力攻擊牠的眼睛。

……讓這種龐然大物停止行動？

那種事情真的有可能辦到嗎？

不行！我不能說喪氣話！

我不是早就知道自己勝算不大了嗎！

女王蜘蛛怪也是生物。

既非無敵，也不是不死身。

既然如此，那就有辦法擊敗。

我一定要擊敗牠！

女王蜘蛛怪的八隻眼睛看了過來。

眼裡流露出先前沒有的感情。

那就是焦躁。

跟剛才那種完全不帶感情，只是機械性地對付我的時候不一樣。

看來真正的戰鬥現在才要開始。

就在我重新上緊發條的瞬間，我被擊飛出去了。

「咕哇！」

我口吐鮮血。

完全無法理解剛才到底發生了什麼事。

雖然牠先前那些攻擊也都很可怕，但還不至於讓我完全搞不清楚狀況。

也就是說，牠先前都沒使出全力是嗎？

為了什麼？

我還來不及理清思緒，女王蜘蛛怪就緩緩走了過來。

彷彿要展示自己的威武姿態一樣，牠故意放慢了速度。

「咕！」

我趕緊站了起來。

女王蜘蛛怪朝我緩緩舉起巨大的腳。

彷彿要讓我見識絕望一樣。

事實上，我確實有種已經走投無路的感覺。

甚至還忍不住看向掛在腰際的勇者劍，猶豫著該不該把它拿來用。

當那隻腳往下踩的時候，我確信自己必死無疑。

可是，那種事情並沒有發生。

無數魔法直接擊中女王蜘蛛怪的身體。

「咦？」

救我的人到底是誰？

我看向魔法飛過來的方向，結果看到許多士兵正騎馬衝向這裡。

他們都是駐守在庫索利昂要塞的士兵。

「為什麼？」

我明明叫他們逃走了……

「保護勇者大人！」

「掩護勇者大人！」

「不管什麼都好！拚命攻擊就對了！」

士兵們一邊騎馬奔馳，一邊施放魔法。

那種攻擊對女王蜘蛛怪並不管用。

可是，也許是因為那些攻擊很煩人，讓女王蜘蛛怪放下了朝向我舉起的腳。

「要是把所有重擔都丟給勇者大人的話，我們還算什麼士兵！」

「勇者大人救了我的孩子！現在不報恩更待何時！」

「讓敵人見識一下我們人族的實力！」

也許是為了忘記恐懼，所有人都一邊吶喊一邊衝鋒。

「大家都是為你而來的。」

「哈林斯！」

哈林斯在不知不覺間站在我旁邊。

「為什麼？你不是逃走了嗎？」

「笨蛋！我怎麼可能丟下你自己逃走！」

哈林斯用斷掉的左手輕輕戳了戳我的腦袋。

「大家都是這樣想的。我們沒辦法丟下你自己逃走。大家都希望你能活下去，亞娜也是一樣。」

「……」

聽到這種話，我會變得不知道該如何是好。

因為這是我個人的任性。

不是勇者的戰鬥，而是我個人的戰鬥。

「我不能因為自己的任性把大家都拖下水……」

「沒關係，你可以偶爾任性一下。因為你總是把自己擺在後面，就算在這種時候任性一下也無所謂吧。」

儘管我把許多人捲進賭命的戰鬥中，哈林斯也說沒關係。

「你要戰勝牠對吧？」

「……嗯。」

「那就像個勇者一樣，乾淨俐落地解決牠吧！」

「嗯！」

女王蜘蛛怪像是在等我們說完話般，動了起來。

目標是那些騎馬衝向牠的士兵。

「糟了！」

女王蜘蛛怪張開嘴巴。

那是吐息攻擊的預備動作。

就是轟垮庫索利昂要塞的那種吐息攻擊！

我衝到女王蜘蛛怪與那群士兵之間。

「尤利烏斯！」

然後開始建構魔法。

『聽好，尤利烏斯，如果只是要使用魔法的話，只要發動技能就夠了。但是，如果要真正活用魔法的話，光是這樣還不夠。你必須意識到自己平常如何發動魔法，然後思考該如何更猛烈、更迅速、更正確地發動魔法。』

師父是這麼說的。

所以我集中精神。

該怎麼使用魔法才對？該讓魔法發揮出什麼效果？

而我現在需要的是能夠保護大家的堅固盾牌！

『卸招。』

我想起迪巴先生過去告訴過我的話。

『當對手的力量太過強大時，不是只有由正面抵擋這種戰法，有時候也要卸除敵人的力量，讓對手露出破綻。』

迪巴先生，這就是你要教我的技巧對吧！

我讓用魔法做成的光盾斜向一側。

然後，女王蜘蛛怪的吐息射了過來。

而我用光盾把那一擊的威力卸掉了。

「咕、嗚嗚嗚！」

衝擊力十分驚人。

即使想要卸招，這股威力也強大到讓人無法如願。

再這樣下去的話，我的防禦會被突破！

『一個人辦不到？那大家一起去做不就行了嗎？就算是一個人辦不到的事情，只要跟夥伴一起就能辦到。這次也是一樣。雖然只靠你一個人的力量可能無法解決，但還有我們在，所以你才能像這樣活著回來。你有一群與你並肩作戰的夥伴，更依賴我們一點吧。』

「哈林斯！」

我呼喚對我說過這些話的摯友。

「我來了！」

哈林斯支撐著我的身體。

他明明斷了一隻手，應該也很難受才對，但他完全沒有表現出來，給了我強而有力的支持。

「喔喔喔喔喔喔喔喔！」

在哈林斯的支撐下，我把吐息彈開了。

軌道偏移的吐息消失在天空的彼端。

女王蜘蛛怪像是頭一次心生了動搖般，畏縮了。

「就是現在！」

士兵們在這時發起突擊。

他們騎著馬衝鋒。

憑女王蜘蛛怪的防禦力，那些攻擊應該不痛不癢才對。

可是，幾十名騎兵在牠稍有畏縮的時間點衝鋒攻擊，即使沒辦法對牠造成傷害，也足以讓牠腳步不穩。

女王蜘蛛怪腳下一個踉蹌。

雖然時間短暫，卻是貨真價實的破綻。

「上吧！」

「好！」

哈林斯往我背後一推，我順勢衝了出去。

我用空間機動在空中奔跑，讓聖光纏繞在劍上。

女王蜘蛛怪的八隻眼睛瞪著我。

我使出渾身的力氣，朝向其中一隻眼睛劈了下去！

「！！！！！！！！！！！！！！！！！！！！！！！！！！！！！！！！」

女王蜘蛛怪的慘叫聲撼動了空氣。

我終於成功讓女王蜘蛛怪受傷了！

只是弄瞎了牠一隻眼睛。

不過這樣就夠了！

『道具這種東西就是拿來用的，要是因為捨不得用而死掉，不就虧大了嗎？』

『武器也是一個人實力的一部分。靠武器打贏有什麼不對？』

我想起霍金與吉斯康說過的話。

沒錯，現在就是使用那把劍的最好時機！

我把手伸向腰際。

然後從劍鞘裡拔出那把劍。
不是勇者劍。
那是把短劍。
也就是名為炸裂劍的魔劍。
這是師父送給我的十把魔劍中的最後一把！
就跟勇者劍一樣，是只能使用一次的魔劍。
我把炸裂劍刺進女王蜘蛛怪那隻受傷的眼睛內側。
「喝啊啊！」
然後發出聖光線，把炸裂劍塞進去！
一陣爆炸。
在一瞬間陷入寂靜。
「牠要倒下了！」
女王蜘蛛怪巨大的身軀緩緩傾斜。
我趕緊離開。
下一瞬間，女王蜘蛛怪巨大的身軀一邊發出劇烈的震動，一邊倒在地上。
「……我們擊敗牠了嗎？」
哈林斯一臉難以置信地小聲呢喃。

尤利烏斯

我緩緩把劍舉向天空。

「嗚……嗚喔喔喔喔喔喔喔喔喔喔喔喔喔喔喔喔喔！」

不知道是誰發出了歡呼聲。

為了接受那陣歡呼，我繼續高舉著劍。

我還不能哭！

只要在別人面前，我就必須像個勇者。

之後一個人獨處的時候，我會盡情地哭泣。

不過，至少先讓我吶喊一下吧。

「啊啊啊啊啊啊啊啊啊啊啊啊啊啊啊啊啊啊啊啊啊！」

亞娜，我辦到了。

就在眾人因為擊敗女王蜘蛛怪而歡欣鼓舞時，哈林斯快步走向某個地方。

看到他那副模樣，我也默默地跟了過去。

然後，哈林斯停下腳步。

我也想要走過去。

「別過來！」

哈林斯怒喝一聲，阻止了我。

「哈林斯，她在那裡嗎？」
「嗯……」
「那……」
「別過來！尤利烏斯，你不要過來！」
她就在那裡。
然而，哈林斯卻叫我不要過去。
「算我求你。別過來。你別看，亞娜應該也不想讓你看到才對……」
哈林斯的聲音裡夾雜著壓抑不住的嗚咽。
亞娜就躺在被哈林斯的背影擋住的地方。
可是，哈林斯叫我別過去看。
聽到這句話，我不難想像亞娜現在變成了什麼樣子。
而我無法無視哈林斯的請求，過去見她最後一面。
我沒有勇氣去看。
……我還算什麼勇者？
連喜歡的女孩子都保護不了，算什麼勇者！
我硬是忍住快要奪眶而出的淚水。
還不行。

現在還不是哭泣的時候。

「……尤利烏斯！」

我對哈林斯的警告做出反應，成功及時擋住向我襲來的刀刃。

「嘖！」

咂嘴聲從我身旁傳來。

我連忙揮劍砍向聲音的主人。

尖銳的金屬碰撞聲響起，我的劍與對手的劍撞在一起。

那人正是剛才跟我打過一場的魔族將領——布羅。

知道自己偷襲失敗後，布羅立刻往後跳開。

「難不成你們還想繼續打下去嗎！」

女王蜘蛛怪已經死了。

那傢伙應該是魔族的王牌才對。

而女王蜘蛛怪已經倒下，魔族軍的士氣應該也會變得低落。

然而，對方似乎還想要繼續打下去。

仔細一看，魔族軍都聚集到這個地方了。

他們眼中還燃燒著鬥志。

而聽到這陣騷動後，人族軍的士兵們也聚集過來了。

「退下，我現在不想戰鬥。」

我試著勸布羅撤退。

經過剛才那一戰，他應該也明白自己不是我的對手。

既然偷襲宣告失敗，那他就毫無勝算了。

我現在已經不想再繼續打下去了。

「算我求你，別讓我繼續為了私怨而戰。」

要是現在打起來的話，我肯定會把這股恨意發洩在魔族身上。

他們或許也是被魔王迫害的人。

正因為如此，我才不想為了私怨而戰。

「就是現在才更應該要戰鬥！」

布羅無視於我的想法，舉起了劍。

「勇者，我承認你很厲害！但這樣還是不夠！要是連區區眷屬都能讓你陷入苦戰，變成那種傷痕累累的樣子，你又怎麼可能贏過魔王！」

布羅似乎激動到連要說好人族語都辦不到了，只能用魔族語大吼大叫。

「你是贏不了的！」

這句話透露出他心中的苦澀。

「為了魔族，我只好請你死在這裡了！」

然後，布羅揮劍砍了過來。

他應該也有著無法退讓的苦衷吧。

但是，這對我來說也是一樣！

亞娜犧牲自己救回來的這條命，絕對不能浪費在這種地方！

我彈開布羅揮過來的劍，接著揮劍反擊，斬過他的身體。

布羅一邊鮮血狂噴一邊倒下。

「可惡啊……大哥……」

他用魔族語斷斷續續地說出這句話。

可是，我能隱約聽懂這句話的意思。

難過的心情湧上心頭。

不過，我不需要同情主動殺過來的敵人。

我從布羅斷氣的屍體上移開視線，看向剩下的魔族士兵。

「我再說一次，退下！」

然後對剩下的魔族發出勸告。

如果我都這麼說了，他們還是要進攻的話，到時候我就會……！

就在這時，一名少女從魔族軍中走了出來。

她是位令人感到不寒而慄的白色少女。

『聽好，人類很弱，無可救藥的弱。絕大多數人都比我弱，所以絕大多數人都覺得我很強。可是，我也不過是個人類，只不過是在人類之中算是強者罷了。』

我突然想起師父過去說過的這些話。

『對真正的強者來說，人類的力量根本微不足道。』

我曾經切身體會到這個道理。

就在我過去親眼見到那個名為迷宮惡夢，並且受人畏懼的魔物的時候。

不知為何，當時的恐懼再次湧上心頭。

然後，少女睜開了原本緊閉的雙眼……

失去了主人的圍巾掉落在地上。

白2

「……」

現場籠罩著沉重的氣氛。

魔王的表情很難看。

巴魯多離席了。

我已經把布羅戰死的事情告訴他了。

他說想要一個人靜一靜，就走出房間了。

留在現場的人只剩下我和魔王，還有其實是邱列邱列的黑。

擔任第九軍軍團長且代號是黑的神祕男子，其實就是這位邱列邱列。

不過，現在可不是拿這件事開玩笑的時候。

因為現場的沉重氣氛就是從黑身上散發出來的。

「……我沒資格抱怨。」

黑一臉嚴肅地開口。

「但是，現在就請妳讓我暫時離席吧。」

說完，黑走出房間。

這也是沒辦法的事。

他對這種結局應該也有不少意見吧。

目送黑走出房間後，魔王重重地嘆了口氣。

「……沒有一件事情順利呢。」

「……嗯。」

坦白說，我們在這場戰爭中徹底失敗了。

在我們事先設定好的幾個目標之中，成功達成的目標非常少。

「戰死的軍團長是修維、布羅和亞格納啊……」

魔王逐一列出戰死的軍團長的名字。

其中，正太修維的死其實並不重要，但失去亞格納實在有點可惜。

畢竟他在各種方面都很有才幹。

布羅也是一樣。

雖然他是個煩人的傢伙，但我並不討厭。

「……小白，妳為什麼沒把亞格納和布羅帶回來？」

魔王會感到疑惑也是很正常的。

只要我有那個意願，就能帶著他們兩個撤退。

如果換個角度來看，也可以把這件事當成是我對他們見死不救。

「信念。」

「咦？」

「因為信念。亞格納和布羅都在賭命戰鬥。他們都做好必死的覺悟了，我不想妨礙他們。」

不管是亞格納還是布羅，都是在明知自己會死的情況下，依然堅持戰鬥下去。

我沒辦法做出會玷汙他們那種信念的行為。

亞拉巴最後的身影跟他們兩人的信念重疊，讓我對是否該出手這件事感到猶豫。

「這樣啊。」

魔王沒有繼續追問。

雖然修維的死算是場意外，但我們無意讓亞格納和布羅戰死，也能不讓他們戰死。

可是，我並沒有那麼做。

他們的死是我們的一大失算。

不過，這還不是最大的失算。

「沒想到勇者竟然能打贏女王。」

「……是啊。」

我們最大的失算，就是勇者打贏女王了。

不，問題並不在於勇者打贏了。

那隻女王原本就是為了輸給勇者而派出去的。

但前提是得讓勇者使用勇者劍。

「沒想到勇者居然沒用勇者劍，只靠自己的力量就打贏了。考慮到雙方的戰力差距，這已經算是奇蹟了吧？」

「就是說啊。」

魔王會忍不住抱怨也很合理。

不管勇者怎麼努力，面對女王都不可能有勝算。

如果他想要獲勝，就只能使用勇者劍了……原本應該是這樣才對。

勇者劍是個危險的東西。

畢竟那是Ｄ遺留下來，據說連神都能殺死的神劍。

雖說只能使用一次，但讓那種東西留在世上實在是太危險了。

得知那把劍被交到現任勇者手上後，我便決定讓他用掉那把劍。

而對手就是那隻女王。

如果是那隻女王的話，就算被勇者擊敗也毫無問題。

我還打算順便回收從勇者劍放出來的能量。

沒想到勇者居然沒有使用那把劍。

這真的是天大的失算。

「不過，反正我們也沒有損失，其實也不算失算就是了。」

我說出這句話。

「畢竟女王可以重新製造……雖然正確來說應該是冒牌女王就是了。」

那傢伙不是真正的女王蜘蛛怪。

而是我的分體。

經過這幾年的修行，我的分體進化到那種地步了！

很厲害吧！

雖然實力略遜於真貨，但也強大到足以輕鬆打贏勇者了。

原本應該是這樣才對。

雖說為了讓勇者用掉勇者劍，我有叫牠手下留情，但牠居然打輸了。

太扯了吧。

「而且妳干涉系統的行動也失敗了不是嗎？」

嗚！

關於這件事，該說是我的失誤呢，還是該說我能力不足呢？

這次殺死勇者的時候，我還同時動手干涉系統，試圖刪掉勇者這種存在本身。

換句話說，就是註銷勇者這個稱號。

勇者這個稱號擁有針對魔王這個稱號的特殊效果。

在設定上，不管魔王如何掙扎，都註定會輸給勇者。

為了消除勇者這種礙事的傢伙，我嘗試對系統進行干涉，結果卻以失敗告終。

不過，關於這次的失敗，其實不能完全怪罪於我，但我不能對魔王說出那個藉口……

總之，我就把這件事當成自己的失誤，把事實真相藏在心裡吧。

「也就是說，新任勇者已經在某個地方誕生了對吧？」

魔王大大地嘆了口氣。

勇者這個稱號會一直傳承下去。

一旦勇者死去，世界上的某個人就會成為勇者。

所以，就算殺死勇者也沒有多大的意義。

不管是誰當上勇者，唯一的麻煩之處就只有勇者能夠戰勝魔王這點。

不過，我覺得這不是需要擔心的事。

「反正也不會出現比那更優秀的勇者了。絕對不會。」

聽到我如此斷言，魔王露出半張著嘴的愚蠢表情。

她那表情是什麼意思？

「小白，沒想到妳這麼看得起勇者，難不成妳喜歡帥哥嗎？」

「才不是。我不是因為那種理由才這麼說。」

我總覺得最近好像也有過同樣的對話。

「我開玩笑的啦。不過，我好像也可以理解。那是個不錯的勇者。」

「……嗯。」

我一直都透過分體的眼睛暗中觀察那位勇者。

他走過相當艱辛的人生，卻還是不屈不撓地在當勇者。

我無法想像會有比他更優秀的勇者突然冒出來。

魔王把那位勇者戴在身上的圍巾拿起來把玩。

「小白，妳看，這是用蜘蛛絲織成的圍巾耶。」

魔王似乎做過鑑定，說中了那條圍巾的材質。

「雖然我知道蜘蛛絲在人族之間的價格非常高，卻沒想過居然會被勇者戴在身上。」

魔王語帶諷刺地小聲說了句「太扯了吧」。

真的假的？

沒想到竟然會有這種偶然。

與蜘蛛魔王為敵的勇者，竟然把用蜘蛛絲織成的圍巾戴在身上。

「該怎麼處理這東西呢？」

我覺得這種事情應該沒什麼好煩惱的。

就在這時，魔王露出了邪惡的笑容。

「我記得勇者的弟弟好像是轉生者對吧？那我就把這個還給他吧。」

說完，魔王把魔力灌注到手裡的圍巾。

她似乎在圍巾上附加了某種魔法。

「嗯嗯，把魔王加持過的禮物送給勇者的弟弟，妳不覺得這樣很有趣嗎？」

不，我只覺得這樣很惡劣。嗯。

「不知道山田同學收到這份禮物的時候，會露出什麼樣的表情～？」

雖然魔王笑得很開心，但我覺得這麼做真的很惡劣。

唉……山田同學真是可憐……

後來我才知道，那位山田同學被選為新任勇者了。

後世的歷史學家如此述說　後篇

大家都說人魔大戰的勝者是魔族。

因為許多要塞都落在魔族手中，身為當時人族希望的勇者也戰死了。

關於當時的勇者——尤利烏斯．薩剛．亞納雷德，在身為他弟弟的修雷因的手記裡留有許多記載，許多其他的文獻中也記載著他的名字。

修雷因的手記裡記有許多讚美他的話語，因此，他也作為歷代最高風亮節的勇者而廣為人知。

據說前面提到的那位士兵之所以在手記裡寫下那句話，都是因為親眼目睹了勇者尤利烏斯戰死的場面。

那是讓人族失去希望的大戰。

可是，凡是知曉後世歷史的人，應該都明白才對。

就連這場大戰，也只不過是前哨戰罷了。

動亂的時代——

不，那是無法用這種陳腐的話語形容的歷史轉折點。

而那一刻就要來臨了。

後記

十二點了。中午了。

不對，是十二集才對。

大家午安，我是馬場翁。

在半夜十二點看到這篇後記的讀者們，大家晚安。

十二這個數字總會讓人聯想到完結。

畢竟時鐘上的數字只到十二為止，月曆的最後面也是十二月。

不過大家請放心！

這部作品還不會完結！

我總覺得這句話不說不行。

因為有許多人的故事都在這一集結束了。

雖然因為會提前破哏，我在這邊不能說太多，但我很好奇各位讀者會怎麼看待他們的生存之道。

還有就是，那些被留下來的人，又會怎麼繼承他們的精神。

這一集的故事就是這樣的內容。

不過，其實根本沒有什麼提前破哏的問題，結果早就在前面幾集裡揭曉了！

就這種意義來說，我覺得這一集也是在知道結果的情況下，見證他們的結局的故事。

想到就憂鬱……

聽說有些作家會邊哭邊寫故事，我好像有點理解他們的心情了。

不過，我可沒有哭喔。

咦？你說我應該哭才對？

這也怪不得我吧。

因為我是沒血沒淚的惡魔。

如果我不是惡魔，就不會讓主角去攻略那種難度超高的大迷宮了。

哈哈哈！

不過，其他事情倒是讓我差點哭出來。

我忙到差點哭出來的地步。

你問我為什麼那麼忙？

理由就是這個！

鏘鏘鏘！

後記

《轉生成蜘蛛又怎樣！》ＴＶ動畫版將會在２０２０年開始播放！

萬歲！拍手拍手拍手！

讓大家久等了。

動畫終於決定在２０２０年開始播放了。

因為要處理動畫這邊的工作，才會讓我這麼忙碌。

不過，多虧了那些努力，這部作品總算走到這一步了！

哇哈哈哈！

事情就是這樣，動畫預計在２０２０年開始播放！

雖然之前把公布的時間往後延了相當長的一段時間，但總算可以公布了。

那些翹首以盼的讀者們肯定都已經等到大澈大悟了吧。

我就是讓他們等了那麼久。

不過，就是因為讓大家等了那麼久，我想要努力拿出能回應大家期待的成品。

真是漫長……

起初是在２０１８年宣布動畫化企畫正式開跑。

然後……

２０１９年也結束了，時間來到２０２０年。

終於、終於、終於……！

這一天終於到來了！

事情就是這樣，請大家一邊期待著動畫，一邊等待後續消息吧！

此外，為了配合即將開始播放的動畫，設定資料集《轉生成蜘蛛又怎樣！ＥＸ》也預計要發售了！

從設定資料集必備的登場人物介紹，到艾爾羅大迷宮的解說專欄，內容可說是十分豐富。

還有店鋪特典中的部分短篇故事以及新寫的短篇故事！

請大家買來閱讀，當成觀賞動畫前的預習吧。

這次要通知的事項真的很多。

２０２０年肯定是蜘蛛年。

接下來是致謝時間。

我要感謝這次也畫出美麗插圖的輝竜司老師。

每次都有勞您了！真是感激不盡！

還有，把登場人物搞得這麼多，真是萬分抱歉！

因為我幾乎不曾在故事中描寫角色的樣貌，所以每次都把這個問題丟給輝竜老師去煩惱。

就連動畫的人設監修都說「只要輝竜老師覺得沒問題不就行了嗎？」。

真的很對不起！

不過，這裡有個今後也想盡情依賴您的惡魔作者！
我還要感謝負責繪製漫畫版的かかし朝浩老師。
在製作動畫的過程中，漫畫版成了非常重要的參考資料！
讓我忍不住這麼想。
かかし老師果然很厲害。
事情就是這樣，今後也萬事拜託您了！
我還要感謝負責繪製外傳漫畫的グラタン鳥老師。
他把蜘蛛當主角這個本來就已經很異想天開的神祕原作，進一步衍生出讓主角分裂成四個去搞笑的超級異想天開漫畫，達成了不可能的任務。
想出這個企畫的人真是太厲害了。
而實現這個企畫的グラタン老師更是厲害。
這是部會讓人忍不住笑出來的漫畫，請各位務必一讀。
然後，我還要感謝負責製作動畫的所有人。
動畫將在２０２０年開始播放！請大家盡請期待！
我還要感謝以責編W女士為首，為了讓這本書問世而提供協助的所有人。
以及所有拿起這本書的讀者。
真的非常感謝大家。

最終亞瑟王之戰 1~3 待續

Kadokawa Fantastic Novels

作者：羊太郎　插畫：はいむらきよたか

奪回棲身之所，摧毀虛假正義——
此刻正是梅林覺醒之時！

人總是在失去重要寶物之後才懂得珍惜。受到率領魔女與崔斯坦卿，打著「正義」口號的亞瑟王候選人——片岡仁的襲擊，瑠奈身受瀕死的重傷。透過曾經是湖中貴婦的冬瀨那雪協助，凜太朗前往探尋真正的力量，與身為魔人的另一個自己展開對峙！

各 **NT$250/HK$83**

汪汪物語～我說要當富家犬，沒說要當魔狼王啦！～ 1~3 待續

Kadokawa Fantastic Novels

作者：犬魔人　插畫：こちも

步步逼近的喪屍身上散發出魔王軍的氣息——？
今天也鬧哄哄的「芬里爾」轉生奇幻故事，第三彈！

洛塔如願以償轉世成為富家犬，一封宣告要劫走宅邸寶物的預告信，卻忽然闖入牠悠閒自在的寵物生活！然而，闖進來的卻是可愛的精靈三姊妹，她們背後似乎有什麼苦衷？最近田裡也出現了蔬菜小偷，意外地輕易抓到了犯人……其真面目竟然是骸骨馬！

各 **NT$200~220/HK$67~73**

熊熊勇闖異世界 1~12 待續

Kadokawa Fantastic Novels

作者：くまなの　插畫：029

為了保護重要的朋友，
優奈於校慶大顯身手！

優奈一行人享受校慶的樂趣，玩了遊戲，觀賞了話劇，做了許多事情。校慶第三天，優奈等人跟希雅一起逛攤位，可是在觀看學生和騎士的訓練時，有笨蛋貴族脅迫希雅跟自己的兒子訂婚……為了拯救希雅的危機，優奈挺身而出！

各 **NT$230~270/HK$70~83**

國家圖書館出版品預行編目資料

轉生成蜘蛛又怎樣！/ 馬場翁作；廖文斌譯. -- 初版.
-- 臺北市：臺灣角川股份有限公司，2021.01-
冊；　公分. -- (Kadokawa fantastic novels)
譯自：蜘蛛ですが、なにか？
ISBN 978-986-524-176-6(第12冊：平裝)

861.57　　109018310

Kadokawa
Fantastic
Novels

轉生成蜘蛛又怎樣！12

（原著名：蜘蛛ですが、なにか？12）

2021年1月20日　初版第1刷發行
2022年12月16日　初版第4刷發行

作　者：馬場翁
插　畫：輝竜司
譯　者：廖文斌

發 行 人：岩崎剛人
總 編 輯：蔡佩芬
編　輯：蘇涵
美術設計：李思穎
印　務：李明修（主任）、張加恩（主任）、張凱棋

發 行 所：台灣角川股份有限公司
地　址：104台北市中山區松江路223號3樓
電　話：（02）2515-3000
傳　真：（02）2515-0033
網　址：www.kadokawa.com.tw
劃撥帳戶：台灣角川股份有限公司
劃撥帳號：19487412
法律顧問：有澤法律事務所
製　版：巨茂科技印刷有限公司
ISBN：978-986-524-176-6
